COLLECTION FOLIO

Driss Chraïbi

Le Monde
à côté

Denoël

Driss Chraïbi est né en 1926 à El-Jadida, au Maroc. Il a fait ses études secondaires à Casablanca, puis des études de chimie à Paris. Il a écrit pendant trente ans pour la radio, notamment pour France Culture. Depuis vingt ans, il voyage et fait des conférences dans le monde entier. Une trentaine de thèses universitaires ont été consacrées à son œuvre.

Je dédie ce livre au roi Mohammed VI, en toute liberté. Bonjour le renouveau. Bonjour la vie.

D. C.

1

Crest. 24 juillet 1999. Six heures et demie du matin.

Je viens de déposer les sacs-poubelle dans le container du coin de la rue et d'acheter *Le Dauphiné libéré* au *Bar des Halles*. Un titre en première page m'a sauté aux yeux : « HASSAN II EST MORT. » Les habitués du café commentaient les nouvelles locales en sirotant leurs verres de vin rouge. Je les saluai et ils me souhaitèrent une bonne journée. Le ciel était pur.

De retour chez moi, je trouvai Sheena en tête à tête avec sa première tasse de thé. Sur le plus grand brûleur de la cuisinière, une casserole d'eau était en train de chantonner, de quoi remplir une autre théière dans un petit moment. Je pensais à Alphonse Allais. « Je me suis longtemps demandé pourquoi les Anglais aiment tant le thé, disait-il. Et puis, un jour, j'ai goûté leur café... » Sheena n'est pas anglaise, mais écossaise. Elle tient énor-

11

mément à son identité. Mais le thé est le thé. Ses yeux sont toujours d'un bleu paisible et elle n'a pas pris une ride en vingt et un ans de mariage.

Elle a bu une deuxième tasse, lentement, le temps de la réflexion peut-être bien, avant de me dire :

— On t'a téléphoné hier soir du Maroc. La radio d'État voulait enregistrer ta réaction à chaud. C'est Tarik qui a pris la communication. Il a répondu que tu dormais et qu'il ne se permettrait pas de te réveiller. Tu connais Tarik.

Je crois le connaître en effet : quinze ans d'âge, un mètre soixante-quinze, le laconisme en chair et en os. J'imagine aisément ce qu'il a dit :

— Oui?... Oui... Quel roi?... Ah?... Pas possible, il dort. Salut.

En montant dans mon bureau, j'ai constaté que le téléphone était débranché. Je l'ai rebranché. La veille, j'avais demandé à Denoël une avance sur droits et Frédérique, la chef-comptable, doit me rappeler ce matin. Parmi la douzaine de stylos qui jonchaient mon bureau, l'un d'eux disposait encore d'un peu d'encre. J'ai allumé une cigarette et je me suis attaqué aux mots croisés du *Dauphiné*. Les définitions ne mettaient guère mes méninges à contribution. Mais j'avais besoin de quelque chose de facile pour vider mon cerveau. J'avais besoin de remonter le cours du temps, de retrouver dans mes souvenirs la croisée des chemins.

Définition : *À l'œil*. Réponse : ORBITE. Défi-

nition : *Pupille*. Réponse : PRUNELLE... Les cruci-
verbistes de France et du monde francophone se
sont-ils colletés un jour avec les mots croisés du
quotidien marocain *Le Matin du Sahara*? Les yeux
fermés, je lis d'ici l'éditorial qui a dû paraître en
première page :

LA DIMENSION CULTURELLE
DE FEU S.M. HASSAN II

« Il n'échappe à personne que le regretté
Souverain, grâce à Sa personnalité et à Son
esprit ouvert, avait de Son vivant marqué de Son
empreinte indélébile l'évolution de la culture uni-
verselle tant aux plans de l'approche méthodolo-
gique et du discours que dans la pratique même. Il
était au centre d'immenses projets civilisationnels,
comme en témoignent les plus éminents penseurs
et écrivains français de ce siècle, qui n'hésitèrent
pas à adhérer à Ses nobles desseins en rejoignant
l'Académie royale du Maroc... » Définition dans la
grille des mots croisés : *Revenu à la vie*. Réponse :
RESSUSCITÉ. Comme disait Jacques Derrida,
« Pourrions-nous un jour adjoindre la pensée de
l'événement avec la pensée de la machine ? » Il
comprenait sans doute ce qu'il écrivait. Moi non.
Pas du tout. Définition : *Vue en l'air*. Réponse :
AÉRIENNE. *Sorti d'enceinte* : NÉ... Cet homme qui
vient de quitter la vie ne m'a pas empêché d'écrire.

Mais, pendant vingt-cinq ans, mes livres avaient été interdits dans mon pays natal.

Sheena vint me rejoindre dans mon bureau, fraîche et souriante comme à l'accoutumée. Elle avait fait l'emplette d'une brassée de journaux à la Maison de la presse toute proche : *Le Monde*, *Libération*, *The Guardian*, *The International Herald Tribune*. La plupart d'entre eux n'avaient pas eu le temps de commenter l'événement. Mais elle les lirait tous, j'en étais à peu près certain. Au moment où elle se penchait sur moi pour me donner un baiser, le téléphone se mit à sonner. C'était Kirsten.

— Hello, c'est moi. Bonjour, papa. Tu as appris la nouvelle ? Mes douze rosiers ont tous fleuri dans mon jardin et j'avais allumé la télé au sortir de mon bain...

— Je te passe maman.

Et je tendis l'écouteur à mon épouse. Elles conversèrent en anglais et en français, un petit quart d'heure ou peu s'en fallait. À chaque fois que Sheena disait « Bye! », Kirsten avait quelque chose à ajouter. Je dépliai *Libération* et lus l'article de Stephen Smith. Je le relus lentement, avec mes yeux de Marocain. Le journalisme avait encore un sens.

— Bye! Bye, darling.

Elle finit par raccrocher. Pour décrocher presque aussitôt. La voix était chaleureuse, avec un accent du pays. On mettait à ma disposition un billet d'avion pour assister aux funérailles de « feu Sa

Majesté ». Un billet officiel, en première classe, gratuit. Je demandai quelques précisions. « Bien entendu, professeur ! Vous pouvez fumer à bord. » Vol AT 731, départ de Lyon-Satolas à dix heures quarante, mais il me fallait me présenter une heure à l'avance au guichet de la RAM. Je fis remarquer à mon honorable correspondant que j'habitais dans une petite ville de la Drôme, que je pourrais très volontiers prendre le car pour Valence dans une vingtaine de minutes, le temps de mettre trois ou quatre cartouches de cigarettes dans mon sac de voyage, mais qu'une fois arrivé à Valence il resterait un petit problème à résoudre : il n'y avait pas de TGV Valence-Satolas dans la matinée, ni de train régional d'ailleurs. Pourquoi ? Je n'en sais rien. (Je pensais à cette aimable invitation que m'avait lancée un jour Jack Lang, alors ministre de la Culture, de monter à Paris pour prendre un petit déjeuner en sa compagnie.) La voix chaude me proposa divers palliatifs, au choix : prendre le premier train pour Paris où je trouverais à volonté des TGV à destination de Satolas dans la matinée ; fréter un taxi, voire un hélicoptère... Il ne lui vint pas à l'idée de me suggérer un autre vol pour Rabat, probablement parce que c'était le premier jour du deuil national, que le billet d'avion avait été émis en haut lieu et qu'il n'y avait pas moyen d'en modifier la date, que Michel Jobert prendrait ce même vol, et qu'il n'y avait personne dans les bureaux, personne, cher ami, excepté lui qui utilisait son portable personnel pour me transmettre l'invitation en bonne et due forme — et est-ce que j'avais un fax ou un e-mail le cas échéant?...

— Je suis très choquée, me dit Sheena.

— Par moi?

— Par la mort du roi.

Franchis l'espace et le temps. Île d'Yeu, Vendée. Je parlerai le moment venu de cette île enchanteresse où j'ai vécu un supplément d'âme dans tous les domaines, jour après jour, jour et nuit, des années durant.

Janvier 1985. Michel Chodkiewicz vient de me téléphoner. Il m'invite au Maroc. C'est dans mon pays natal que les Éditions du Seuil vont fêter le cinquantenaire de leur fondation. Telle une fée, Bernadette Guédon, du service export, a exaucé mes souhaits. Sont également pris en charge Sheena et nos trois enfants : Kirsten (10 ans), Yassin (5 ans) et Tarik (10 mois). Dire que je ressens de l'appréhension dans le Boeing qui me ramène vers la terre de mes ancêtres relève de l'euphémisme. Où sont mes repères?

Mon lit est un torrent aux plages desséchées. Nulle fougère n'y cherche sa patrie. Où t'es-tu glissé tendre amour?

16

Je suis parti pour longtemps. Je revins pour partir...

Les strophes de René Char chantaient dans ma tête. Le chef de cabine m'a reconnu je ne sais comment, m'a entretenu du *Passé simple* en me serrant longuement la main. La petite main de Yassin serrait très fort mon pouce. L'avion survolait Gibraltar, l'hôtesse de l'air se penchait sur Tarik, lui souriait. Et c'est alors que j'eus une illumination. Gibraltar, Djebel Tarik, du nom du conquérant et pionnier de l'Andalousie. On ne parlait plus guère de ce Berbère qui avait fondé la *oumma*, la communauté humaine ouverte et tolérante. L'Histoire l'avait occulté... Et si je le ressuscitais ? Si je mettais dans sa bouche, au VIIIᵉ siècle, les questions lancinantes qui taraudaient notre monde islamique ici et maintenant ? Et si je faisais entendre les voix du passé ?... Des lambeaux de phrases montaient en moi avec des lames de fond, essartaient l'officialité et la langue de bois...

J'étais avec Tarik Bnou Ziyyad ce jour de l'an 711, j'étais en lui — et son désarroi était le mien en ce temps-là et en cette fin du XXᵉ siècle. Debout sur le rempart qui surplombait le Guadalquivir rouge de sang, il s'adressait à voix haute à Allah :

« *Es-tu content, Seigneur ? Moi non. Pas du tout. Nous ne sommes que des bipèdes doués à la fois de rai-*

17

son et de déraison, cohérents dans notre foi et désagrégés par cette même foi. Qu'a pesé ta parole d'amour en regard de la sauvagerie qui s'est emparée des conquérants ? Et ils agissaient en ton nom !... Ils ont maintenant la puissance et la gloire, la vérité de droit divin, l'argent. Combien de vies nous faudrait-il, combien d'océans de foi et de montagnes de patience pour que nous accédions un jour à l'état d'êtres humains ? Crois-tu vraiment, Seigneur, que les rapaces que nous sommes vont devenir des anges rien que par ta grâce et ton Coran, prêts à voler au secours de l'orphelin, de la veuve, de l'étranger, à pratiquer l'amour comme base de la société et surtout, surtout, à partager leurs biens terrestres avec ceux qui sont défavorisés par le sort ? Je ne suis pas prophète, mais je ne suis pas dupe non plus... » Je trouvai le titre à l'instant même où l'avion atterrissait : *Naissance à l'aube*.

Qui débarqua à l'aéroport Mohammed-V ? Pas de contrôle de passeport, pas de douane, flashes, une douzaine de soldats formant haie et présentant les armes, un cadreur caméra sur l'épaule qui me précédait à reculons vers le salon d'honneur — s'était-on trompé de passager, par hasard ? Mais non, c'était bien moi, installé dans un fauteuil sous le portrait du roi en tenue de golfeur, une jeune fille en fleur me servait un verre de thé, « Bienvenue, Si Driss, bienvenue dans ton pays ! » me complimentait un officiel en djellaba d'apparat. « Avez-vous fait bon voyage, maître ? » me demandait le ministre de la Culture. Il était vêtu de gris anthracite, je ne comprenais plus rien, Sheena sirotait son thé à la menthe, placidement, comme si elle eût été dans le salon de ses parents, à Édimbourg. « Pour être attendu, vous êtes attendu, cher maître ! Toutes les universités du royaume vous réclament. » L'attaché culturel à l'ambassade de France prenait la relève : « Et les centres culturels. — Bien entendu », opinait le ministre. Il me présentait un cigare muni de sa bague et la flamme de son briquet en argent. « Pourquoi une si longue absence, Si Driss ? » Mon esprit tournait à vide : pourquoi une telle réception ?

Dès le lendemain et pendant les jours qui suivirent, je ne fus plus qu'émotion, une émotion palpable, charnelle, intense. De Tanger à Agadir, trois semaines de découverte et d'ivresse. Amphithéâtres archicombles. Il avait fallu un service d'ordre pour me conduire par la main à la faculté des lettres de Aïn Chok, à Casablanca. Le professeur Kacem Basfao était là, qui me souriait. (Il m'avait rendu visite à l'île d'Yeu et, tant qu'avaient duré ses interviews, nous n'avions fait que rire et plaisanter. En fin de compte, il m'avait consacré une thèse de doctorat qui avait le poids d'un pavé, quatre cent cinquante pages...) Et maintenant il était là, essayant de rétablir un semblant d'ordre. Il se saisit du micro et dit :

— Nous voici enfin vous et moi dans cette enceinte.

J'avais chaud. J'ôtai ma veste et la suspendis au dossier de ma chaise. Ce simple geste provoqua aussitôt le délire. Du haut en bas des gradins déferlaient vers moi des souhaits de bienvenue, en arabe et en français, des invitations à déjeuner, les portes m'étaient ouvertes, les cœurs aussi. Non, oh! non, ils n'étaient pas ici pour me parler de littérature ou me poser des questions sur mes livres. Ils étaient venus pour me voir : je n'étais pas l'écrivain mythique, j'étais fait de chair et d'os et j'étais un Marocain comme eux. Je levai le bras, je me levai et je dis :

— Je n'ai plus de mots... Je suis au-delà des mots... Je... je voudrais simplement vous serrer dans mes bras, toutes et tous...

Je crois bien que j'entendis quelques sanglots au sein des vivats. Moi aussi, je pleurais, debout et pathétique. C'était bon. C'était la délivrance au terme d'un quart de siècle d'exil et de doute... Dans un studio de la télévision marocaine, j'avais bavardé avec un journaliste de tout et de rien, et en aucune façon de mon œuvre, ignorant totalement la présence des caméras. J'avais la cigarette au bec.

— C'est une première, me dit par la suite Jean Forja. Ta prestation a été diffusée *avant* le journal télévisé, qui s'ouvre immanquablement sur les audiences du roi. Cela ne s'était jamais vu.

Directeur du service de coopération scientifique et technique à l'ambassade de France, il me pilotait de ville en ville dans son immense voiture de fonction, usait de diplomatie pour m'épargner les dîners en ville et les réceptions. Petit, pétillant d'intelligence et de malice, je l'avais d'emblée pris en amitié. Il était à cheval sur deux mondes, un pied dans chaque culture, l'homme idoine qu'il me fallait pour transiter du passé au présent et du rêve à la réalité. S'il avait ses entrées partout et tutoyait tout un chacun, il ignorait pourquoi mes livres étaient tout à coup à l'honneur, libres comme l'air dans les librairies et enseignés dans la plupart des lycées et des universités, après avoir été interdits pendant si longtemps. Peut-être le Maroc commençait-il à voir le bout du tunnel... Peut-être quelqu'un en avait-il donné l'ordre. Mais qui ? Driss Basri ? Un subalterne lettré et désœuvré ? La pression montante des générations montantes ? J'y perdais mon latin, mon français et mon arabe.

Mon frère Abdelhak soutenait que François Mitterrand avait intercédé en ma faveur auprès de Hassan II lors de son voyage officiel au Maroc. La preuve en était que Jack Lang m'avait décerné le titre de chevalier des arts et lettres et que je voyageais avec un passeport français, sans visa d'aucune sorte. Il avait surgi du fond de ma lointaine adolescence et me murmurait ces confidences *top secret* à l'oreille, au centre pédagogique de Meknès où j'assumais vaillamment une séance de signatures. Un monsieur décoré et digne me tendait un exemplaire d'*Une enquête au pays,* ce roman qui l'avait « tant fait rire », affirmait-il. Abdelhak crut bon de lui demander pour quel journal il travaillait et s'il pouvait lui remettre une carte de visite. « Général Méziani », lui fut-il répondu avec le sourire. Le téléphone arabe aidant, ce qui n'était au départ que des élucubrations de politique-fiction devint au fil des semaines une version officielle : je me serais rendu naguère à Marrakech, j'aurais demandé l'aman à Sa Majesté dont la grande bonté, etc.

Abdelhak ne s'en tint pas là. Comme mon itinéraire était annoncé à l'avance dans les journaux, il me suivait d'étape en étape et, parfois, il arrivait avant moi. Il fourmillait d'idées. Exemple : j'étais à la tête d'une douzaine de livres ; le prix public de chaque ouvrage se situait dans une fourchette comprise entre 80 et 90 francs ; j'avais par conséquent amassé une fortune rien que par ma plume et ma vieille machine à écrire, C.Q.F.D. « Et que fais-tu de ce pactole ? » Dorénavant, il se chargerait de mes intérêts ; il se faisait fort de changer du plomb en or massif ; il connaissait certaines combines pour des placements immobiliers qui avaient fait la fortune de nombre de parvenus illettrés : il suffisait de lui établir une petite pro-curation. « Tu peux avoir confiance en moi, je suis ton frère. »

Il demandait à Bernadette Guédon le nombre d'exemplaires vendus à la fin d'une séance de dédi-caces. Elle le regardait, me regardait avec une sorte d'effroi. Il comparait avec ses propres calculs (« le compte est bon ») et se frottait les mains avec délectation. Grâce à Allah, la journée avait été bonne. Il visa au sommet : Michel Chodkiewicz en personne qui glosait sur Ibn Arabi avec un philosophe du cru. Il l'attira dans un coin et lui tint à peu près ce langage :

— Vous êtes le P.-D.G. des Éditions du Seuil ? Enchanté ! Je suis le P.-D.G. de la *Revue des Forces armées royales*. Je vais vous faire de la publicité. Moyennant finances, bien entendu. Mais je vous consentirai un prix d'ami parce que vous publiez l'œuvre de mon frère. Tous les soldats du royaume vont se précipiter sur ses livres, je vous en donne ma parole d'honneur..

Je finis par lui prêter 500 dirhams. « Je te rem-bourserai. Tu veux un chèque ? — Non. » J'igno-rais en tout état de cause que les Chraïbi consti-tuaient une smala aux ramifications souterraines et innombrables. Des membres de ma famille, il en sortait de partout, de différentes tranches d'âge : ma sœur Naïma qui venait de naître au moment où je m'embarquais pour la France en

1945; frères que j'avais peine à reconnaître mais qui, eux, me reconnaissaient trait pour trait; cousins, cousines, nièces et neveux, une tante que je n'avais jamais vue; belles-sœurs et beaux-frères ainsi que leur progéniture; sept Nadia, quatre Amina, une douzaine de Mohammed, et des amis de trente ans qui avaient fait les petites classes avec moi (« Tu te souviens, Driss? — Non. »), un homonyme commissaire de police, un Chraïbi au troisième degré qui était consultant sportif à la télévision. « Ah! vous êtes de la famille du footballeur? Enchanté de vous voir! » me disait-on.

Pour tous ou presque tous, j'étais l'enfant prodigue qui avait donné un coup de pied au Maroc, qui avait réussi en Europe mais ne disposait que de la célébrité en fait de compte en banque. Que diable! avec mon talent et un peu de diplomatie, je pouvais surpasser ce type qui avait gagné des millions avec une chanson pour une marque de confiture. Et l'on me soufflait obligeamment le sujet de mon prochain roman, une espèce de pommade pour brosse à reluire qui me propulserait au septième ciel, le prix des Quatre Jurys en l'occurrence. Dodue et parfumée, bijoutée jusqu'aux yeux, ma sœur Naïma occupait le premier plan visuel, attirait l'attention des photographes : « C'est mon frère! » Son époux était directeur des douanes à Casablanca, elle me faisait par conséquent l'honneur de paraître en ma compagnie. Trois semaines plus tard, je prenais l'avion pour rentrer chez moi. Des images dansaient dans ma tête en kaléidoscope. Je pensais à ces centaines d'étudiants assoiffés de connaissance et de liberté et qui, pour s'ouvrir au monde, n'avaient que leur bonne volonté et une bourse mensuelle de dirhams. Oui, je reviendrai au pays natal pour creuser, creuser, creuser. J'avais tant rêvé durant mon exil.

Crest, 25 juillet 1999

Depuis des heures, j'assiste à la grand-messe sur TF 1. Si la télévision marocaine transmet les images, elle n'émet pas le moindre son, comme si le Maroc dans son ensemble venait d'être privé de la parole. Mais il y a les journalistes maison, les politologues, les commentateurs qui meublent l'événement et l'étirent à la dimension de la procession funèbre. Je crois bien en avoir repéré deux ou trois qui étaient de service lors de l'enterrement de la princesse Diana ou du roi Hussein de Jordanie. Ils « traduisent » le chagrin du peuple qui a « perdu son père », comparant la djellaba de Mohammed VI à celle que portait celui que l'on conduit à sa dernière demeure. Ma pensée est flottante, entre ici et là-bas, entre la langue de Voltaire et celle des médias.

Deux embryons d'idées flottent dans ma tête : le chimpanzé et ce ouistiti d'inspecteur Ali. L'âge venu — soixante-treize ans —, je suis probablement à court d'inspiration. J'essaie de leur donner forme et consistance, tandis que sur le petit écran on me détaille le parcours à pas d'escargot suivi par le cortège, à Rabat... Donc, le chimpanzé vit dans de grandes tribus, comptant parfois une quarantaine d'individus. L'organisation est très stricte et hiérarchisée : un seul mâle doit dominer le groupe et il est le seul à avoir le droit de féconder les femelles. En général, il ne parvient pas à se maintenir à la tête du groupe au-delà de quatre ans. Ici, mes neurones entrent en activité : quatre ans, c'est la durée impartie au président américain pour l'exercice de ses fonctions ; et puis il y a de nouvelles élections, l'alternance. C'est une idée à la Desmond Morris, l'auteur du *Singe nu*. Je me demande si les primates ne pourraient pas apporter un peu de démocratie dans le monde arabe, pour peu qu'on les laisse voter. Je suis en train de creuser cette perspective quand l'inspecteur Ali, mon personnage fétiche, se met à ricaner avec ses grandes dents. « Voici la scène concrète que tu pourrais écrire », me souffle-t-il :

« Rabat. Mausolée Mohammed-V. On vient d'y ensevelir la dépouille de Hassan II. Les chefs d'État et de gouvernement sont repartis chez eux. Prend place alors un *fqih*, un religieux, au chevet du tombeau. Il s'assoit en tailleur, ouvre le Coran sur ses genoux et se met à psalmodier des versets pour le repos de l'âme du défunt. Cela va durer six heures d'horloge. Puis un autre *fqih* prend la relève — et ainsi de suite jusqu'à la fin des temps. (C'est du moins ce qu'est en train d'expliquer et d'expliciter sur le petit écran un fin connaisseur du monde musulman.) Entre dans le mausolée l'inspecteur Ali. Il est vêtu d'une djellaba et coiffé d'un tarbouche rouge. Il s'est laissé pousser la barbe pour la circonstance. Il a une figure d'enterrement. Il tape sur l'épaule du religieux. « C'est mon tour. » Et il se met à réciter des versets de sa composition :

« Au nom d'Allah clément et miséricordieux, amen !

« Salut, Hassan ! Tu connais la dernière ? Paraît que t'es mort.

« Si, si, si. C'est pas une blague, par Allah et le Prophète !

« Tu t'attendais pas à celle-là, hey ? Tu te croyais éternel ?

« Père de l'indépendance nationale, haha ! réunificateur du royaume, hihi ! commandeur des croyants, houhou !

« Et tes sujets indéfectibles y ont cru pendant si longtemps.

« Dis-moi donc : qu'est-ce qu'on va faire de tes innombrables portraits ? Ils sont partout, à chaque coin de rue, dans les gares, les aérogares, les commissariats, les prisons, les librairies, les établissements scolaires, les hôtels, sans compter les timbres et les billets de banque.

« À la place de ce Coran-ci, j'ai bien envie de te psalmodier le bouquin de Vasquez Montalban, *Moi, Franco*. T'as connu Franco, m'est avis.

« C'était un crétin et, parce que c'était un crétin, il avait fait trembler ses concitoyens pendant des générations.

« Et les Espagnols se sont mis à le déboulonner tout de suite après sa mort. Mais nous ne sommes pas des Espagnols, nous autres.

« En trente-huit ans, tant qu'a duré ton règne, une société nouvelle a vu le jour, composée de citoyens-sujets voués au culte de ta personne et à la copie de ton image.

« Des types avides, clientélistes, corrupteurs et corrompus, glissant une peau de banane sous les pieds de leurs frères. Ôte-toi de là que je m'y mette — le tout avec les salamalecs d'usage.

« Et ainsi, insidieusement, progressivement, l'âme de ce pays a perdu son âme : le sens de l'honneur, l'intégrité morale, la parole donnée. Ne subsistent plus qu'une hospitalité de façade et des mots suspects. Le fric surtout, le fric valeur-refuge. *La Démocratie hassanienne*, quoi !

« Dors au siècle des siècles et qu'Allah assiste les vivants ! Amen ! »

Ce ne sont là, bien sûr, que des joyeusetés dues à l'imagination débridée de l'inspecteur Ali, per-

28

sonnage de roman. Mais j'ai eu l'occasion de vérifier leur bien-fondé, vérifié *de visu* et *de senso* dans ma propre famille au cours de l'été 2000. Ce fut la plus grande désillusion de ma vie. Ce fut la perte de tous mes repères.

2

Le temps remonte le temps. Et me voici en 1953, à Paris, sans domicile fixe et sans argent. Mes études de chimie terminées, j'avais envoyé mon diplôme à mon père, avec une lettre affectueuse. Je le remerciais pour ses bienfaits, mais je me sentais capable à présent de voler de mes propres ailes comme un oiseau tombé du nid. En fait, j'avais envie de souffler, de voyager, de m'amuser sans trop réfléchir au lendemain. Il me coupa les vivres.

S'il avait continué à me servir une rente, je crois bien que je serais rentré au pays, un ou deux mois plus tard. Je ne me destinais nullement à la carrière littéraire. Mais je me retrouvai du jour au lendemain sans un sou, et c'est ce qui me décida à écrire. Ce fut aussi simple que cela. Pour une fois, il n'avait pas accédé à mes désirs, autant dire à mes caprices d'enfant gâté. Il avait dit non. Ce faisant, il venait de me rendre le plus grand service : m'obliger à exister par moi-même. Je me mis à écrire, les yeux secs et la tête en feu. J'écrivais pour me situer dans le monde, dans mon monde d'origine et dans celui vers lequel je me dirigeais à l'aveuglette. Tous deux me semblaient dérisoires en regard de ma soif de vivre et d'aimer. *La Faim* de Knut Hamsun est un livre terrible. Plus terrible encore le besoin viscéral de faire sauter mes verrous intérieurs et de tordre le cou à la nostalgie, à la philosophie, à la religion, à toutes les croyances hypocrites. La recherche d'un toit, la recherche d'un travail alimentaire (photographe ambulant, fort des Halles, calligraphe, garçon de café, écailleur d'huîtres...), le souci lancinant de préserver ma dignité et d'afficher une mine sereine face au quotidien, les pages déchirées et recomposées, ce fut une époque héroïque que j'aimerais à la fois revivre et ne pas revivre.

Novembre 1953. J'étais veilleur de nuit dans un hôtel, boulevard Saint-Marcel. En guise de salaire, une chambre sous les combles, c'est-à-dire l'essentiel. Parfois, des clients de passage me donnaient un pourboire, surtout lorsqu'ils se trouvaient en bonne compagnie. Mon manuscrit achevé, je consultai le Bottin. Éditions... Éditions Gallimard, La Table ronde, Le Seuil, Grasset, Fayard... ces appellations ne me disaient rien, je ne connaissais personne dans la république des lettres... Éditions Denoël. C'était une bonne idée, ma foi. On était aux approches des fêtes de fin d'année,

Noël, le sapin, le réveillon. Je me rendis à pied rue Amélie, dans le septième arrondissement. Je remis *Le Passé simple* à un certain Claude Mahias et rebroussai chemin à grandes enjambées. J'avais pris la ferme résolution de rentrer au bercail, par n'importe quel moyen, quitte à faire mon mea culpa auprès de mon père. Un pneumatique me parvint dans les jours qui suivirent et ce fut le tournant.

Claude Mahias me serrait la main avec effusion ; Robert Kanters me faisait une petite place sur la banquette près de lui, me souriait de ses yeux chauds de myope, il était rasé de si près qu'on eût juré qu'il était imberbe et il émanait de sa personne un parfum capiteux ; François Nourissier me signalait à tout hasard qu'il était le directeur commercial et que son patronyme ne comportait qu'un seul « r » au milieu, du pouce et de l'index se caressait le menton, un jeune homme de mon âge avec des lunettes à verres fumés ; Philippe Rossignol, le directeur-gérant, glissait vers moi un contrat général pour dix livres, décapuchonnait son stylo, citait le montant de l'à-valoir ; je paraphais, cherchais mes mots, signais les trois exemplaires du document ; Nourissier me prenait par le coude pour me conduire au 19, rue Amélie, l'annexe des Éditions Denoël. En chemin, il m'annonçait à mi-voix la prochaine parution de son roman, *L'Eau grise*, s'enquérait de mes moyens d'existence. Je ne sais pourquoi je lui répondis que j'avais deux ou trois « gagneuses » du côté de Pigalle. Il toussa dans le creux de sa main et me fit entrer comme à regret dans le bureau de M. Piquet, le chef comptable. Non, je ne disposais pas d'un compte en banque ou d'un CCP. M. Piquet me remit une liasse de billets de banque, contre reçu. Et je rentrai à l'hôtel pour reprendre mon travail de veilleur de nuit. J'avais la tête vide. J'étais vidé. Le premier avion en partance pour Casablanca décollait d'Orly le surlendemain. Je ne le pris jamais.

Une jeune fille vient d'entrer en coup de vent. Je n'ai pas fait attention à elle sur le moment. Je suis allé refermer la porte. La nuit était tombée, le vent du nord était aigre et je voulais garder mes pensées au chaud. La patronne n'allait pas tarder à monter se coucher, Mme Meyer finirait bien par rentrer chez elle. Des amies d'enfance, je crois. Toutes deux veuves avec le poids du passé, de la guerre mondiale toute récente, de l'exode et des privations. Dans une heure tout au plus, je me retrouverais derrière le comptoir de la réception, enfin seul avec moi-même. Et puis je me retournai. Je venais d'entendre un nom familier : Roger Blin.

— Excusez-moi, mademoiselle. Vous voulez parler de Roger Blin, le metteur en scène de théâtre ?

— Vous le connaissez ?

— Il habite rue du Palais-Royal.

Je sortis un calepin de la poche de mon tablier.

— J'ai son numéro de téléphone.

— Oh, que je suis contente!

Elle me tendit la main.

— Je m'appelle Catherine. Et vous?

Ses yeux étaient deux lapis-lazuli, avec cette nudité du regard qui est un privilège de l'enfance.

Nous nous mîmes à arpenter les rues de Paris le lendemain, d'un quartier à un autre, sans but apparent, pour le simple plaisir d'être ensemble. Nous n'étions pas bras dessus bras dessous; nos mains ne se frôlaient même pas. Elle avait le pas vif, dansant. Parfois elle me distançait, s'arrêtait au coin de la rue pour m'attendre. Et, lorsque je la rejoignais, elle éclatait de rire. Si elle me parlait en cours de chemin? Oui, à flots. Mais que me disait-elle en vérité? Je n'entendais pas les mots; uniquement leurs résonances, le frémissement de mes résonances anciennes. L'après-midi touchait à sa fin. Nous nous installâmes à la terrasse d'un bistrot. Le café qu'on nous servit, nous le laissâmes tiédir, puis refroidir dans les tasses. Nous ne faisions rien d'autre que nous regarder, de part et d'autre du guéridon. Demain était-il à attendre ou bien à inventer? J'écrivis sur un bout de papier: « Je suis tombé amoureux de vous. » Je n'oublierai jamais le soleil de joie qui illumina soudain son visage. Elle prit ma main, paume ouverte. Elle y pointa son index et me dit :

— Ceci est ta vie. J'y ajoute la mienne.

Un à un, elle replia mes doigts. Ses lèvres tremblaient.

Elle m'avait donné rendez-vous à la gare Montparnasse.

— Je vais t'emmener au paradis, m'avait-elle dit. Je sais où il se trouve. C'est un secret, chut! À demain.

La locomotive était sous pression. Catherine aussi, qui vint me rejoindre à grandes enjambées. Et elle lâcha tout de suite la vapeur :

— Paule Meyer m'a tout raconté. Quand je pense que j'ai failli me faire avoir!

Je ne dis rien. Je ne comprenais rien. Elle avait le visage tendu.

— Elle connaît ton éditeur. Elle est allée lui proposer un auteur allemand qu'elle aimerait traduire. Et Nourissier l'a mise au courant. Tu serais donc une espèce de... de gigolo?

Je me mordis la langue. Je dis :

— Et il l'a cru? Et Mme Meyer l'a cru aussi et s'est empressée de te rapporter ce bobard?

— Ce n'est pas vrai, alors?

— Bien sûr que non. Ce type me tapait sur les

nerfs, il manquait totalement d'humour. Je lui en ai servi à ma façon. Je l'ai fait marcher.

— Oh! que je suis contente.

Elle se coula dans mes bras, molle, fondante. Nous eûmes juste le temps de sauter dans le train. Ma valise resta sur le quai. Avant de s'installer à mes côtés, Catherine me confia son porte-monnaie.

— Je perds tout. Diable de diable, où peut bien se trouver le Maroc?

Elle avait vingt et un ans, une licence ès lettres qu'elle avait obtenue à l'université de Strasbourg, sa ville natale. Elle venait de passer l'été aux États-Unis afin de perfectionner son anglais. Les Américains avaient une prononciation nasillante. Elle préférait de beaucoup l'accent BBC. Elle me fit quelques démonstrations en pouffant. Je m'associai à son hilarité : je n'entendais goutte à la langue de Shakespeare. Elle prit un thermos dans son sac de voyage et me fit boire du thé sans sucre, noir comme de l'encre. Elle se destinait au théâtre. Sa mère n'était pas de son avis. Son père l'aurait encouragée s'il était encore de ce monde. Elle avait huit ans lorsqu'elle l'avait perdu, mort au début de la Résistance. Il était physicien.

À Nantes, nous prîmes un car poussif pour Fromentine. Pas une seule fois je ne jetai un coup d'œil au paysage. Nous fîmes la traversée à bord de *Insula Oya*, de nuit. Et ce fut brusquement le paradis : l'île d'Yeu. Pourpre sur l'océan indigo, l'aube se leva au moment où nous accostions à Port-Joinville. Déployant ses tangons, un thonier gagnait le large, nous saluait au passage d'un coup de sirène. À quai, flanc contre flanc, des bateaux à voile orange dansaient sur les flots de la marée montante. Murs chaulés et volets bleus, des maisons basses, aussi trapues que leurs habitants. Des cheminées montait en zigzag une fumée blanche qui sentait bon le feu de bois. Tout était lent : le temps retrouvé, les gestes des marins vêtus de sarraus, l'économie de leurs paroles, l'horizon sans limite. Comme suspendues au ciel, les mouettes semblaient avoir l'éternité pour elles. Omniprésent, l'océan toussait tel un vieillard face à l'immensité de la vie.

— Tu n'as encore rien vu, me dit Catherine. Donne-moi la main.

Nous fîmes cinq ou six kilomètres à pied. La tête rejetée en arrière elle fredonnait un air d'une indicible beauté. Une lame de bonheur montait et descendait le long de mon échine.

— Tu aimes?

— Oui, beaucoup, c'est quoi?

— *Jésus, que ma joie demeure*! Jean-Sébastien Bach. Tu connais?

— Non.

— Comment? Tu ne connais pas Bach? Mais tu es nul alors.

— Oui.

— Je t'apprendrai.

Et ce fut La Meule, un petit port serti entre deux falaises ocre, les falaises plongeant abruptes dans les entrailles de la mer, les vagues montant à l'assaut des crêtes frangées d'écume. La paix du ciel et de la terre, la paix des voix intérieures, la paix de la paix. Tout en haut sur la lande, à main gauche, une chapelle blanche, une vigie de l'éternité.

— Je suis entrée un jour dans une agence de voyages, me dit Catherine. J'y ai vu une affiche. Je me suis renseignée. Et nous voici enfin au paradis. Je te souhaite la bienvenue, Driss.

La patronne du *Café des Homardiers* s'appelait Mme Bernard. Ossue, les cheveux gris, elle avait une voix d'homme. Son mari pouvait loger dans la poche de son tablier, menu, effacé. Elle commença par nous vitupérer d'importance. Avait-on idée de faire du tourisme à pareille époque de l'année? Et la jeunette qui s'affichait en jean comme un mousse, c'est-y Dieu pas possible! Vous ne l'auriez pas enlevée par hasard, bougre de Marocain? Non, il n'y avait pas de chambre à louer dans le village, pas de gîte dans toute l'île, la saison était terminée, elle n'avait même pas un verre de rouge à nous offrir pour nous réchauffer les tripes, et je parie que vous mourez de faim, maigres que vous voilà comme deux queues de vache, asseyez-vous donc par ici, à table, saperlipopette! L'amour ne nourrissait pas son homme, la femme encore moins.

Elle s'essuya les yeux avec un coin de son tablier et déposa devant nous une miche de pain, une cafetière, un pichet de lait, une motte de beurre, du saucisson, un plat d'étrilles.

— Qu'est-ce que vous attendez, bon Dieu?

Elle était toute gênée en nous faisant visiter ce qu'elle appelait notre « nid de pigeons », une petite maison de pêcheur au sol de terre battue, l'eau à la pompe au-dessus d'une auge en grès, un lit breton et une salamandre à bois, murs et plafonds tapissés de filets de pêche, une cuvette et un broc d'eau, une lampe à pétrole. Catherine se jeta à son cou et lui plaqua deux baisers sur les joues.

— Et soignez bien votre promise, bougre de Marocain! Sinon, je vous couperai les oreilles et je les clouerai à la porte.

Le vent était tombé. Du phare des Corbeaux à la pointe du But, nous avions longé la côte sauvage cet après-midi-là, parcouru la lande en tous sens. Pas une bâtisse, exception faite du Vieux Château. Pas une âme, hormis quelques moutons qui détournaient la tête à notre approche. Et des genêts, des chardons, des cupressus au tronc voûté par des générations de bourrasques, des buissons épineux d'où détalaient des lapins comme autant d'éclairs roux. Et maintenant nous étions assis sur le sable, plage des Vieilles, écoutant *l'étant*, écoutant la musique des eaux, baignés par la lumière intermittente de la lune qui dansait de nuage en nuage. Catherine dit :

— Et si nous prenions un bain de minuit?

— Je n'ai pas mon maillot de bain.

— Moi non plus.

Elle se dévêtit, j'en fis de même, et nous nous élançâmes dans les vagues. Et c'est dans l'océan que nous fîmes l'amour pour la première fois. Je faillis couler à pic. Mais Catherine était une excellente nageuse et elle me ramena sur le rivage. En moi chantait un vieux poème d'Ahmed Shawqi qui avait bercé mon enfance : « Ô fiancés de la mer! »

Ces instants-là, je les revécus vingt-neuf ans plus tard, transposés, ici même, à l'île d'Yeu, en présence d'une autre femme. Ce furent probablement eux qui, franchi le temps et à mon insu, donnèrent naissance à mon roman *La Mère du printemps*. Nous étions en 1982. J'avais feuilleté la revue *Géo*. Une photographie m'avait sauté aux yeux, celle d'une toute jeune fille en train de laver son linge dans la rivière, le battait sur une pierre; une myriade de gouttelettes étincelantes l'environnait tel un arc-en-ciel. Elle était pure, pure et éclatante de joie. Je lui donnai aussitôt un nom : Yerma; et une famille : la tribu berbère des Aït Yafelman, les « Fils de l'eau ». Je plaçai une feuille de papier dans le chariot de ma vieille machine à écrire. Puis je me servis un verre de whisky, suivi bientôt d'un autre. Ce pur produit de l'Écosse avait-il des vertus secondaires ? Je me retrouvai avec Yerma, avec son père Azwaw, là-bas dans l'espace ; à Azemmour, à l'estuaire du fleuve l'Oum-er-Bia, *La Mère du printemps* — et là-bas dans le temps : en l'an 680, au moment même où l'émir Oqba ibn Nafi se dirigeait à marches forcées vers l'océan Atlantique, à la tête des cavaliers d'Allah. C'était pour moi le plus sûr moyen d'écrire noir sur blanc les problèmes majeurs qui trituraient notre monde islamique : en les situant dans le passé. Un disque tournait sur la platine : « Ô fiancés de la mer ! » Sheena était assise à l'autre bout du salon, me regardait sans mot dire. Parfois, elle me souriait. C'était elle qui avait choisi le disque.

3

C'était en 1954. *Le Passé simple* venait de paraître en librairie. Et c'est dans un studio de télévision, lors d'une émission en direct — « Paris Club », je crois — que la question m'a été posée pour la première fois :

— Driss Chraïbi, vous pensez en arabe et vous écrivez en français. N'y a-t-il pas là une sorte de dichotomie ?

J'ai vu venir le journaliste. J'aurais volontiers conversé avec lui un petit quart d'heure d'horloge, le temps que nous fassions plus ample connaissance, le temps aussi de dénicher la petite idée qu'il avait derrière la tête et qui devait avoir la forme d'une étiquette. Mais je n'étais pas seul sur le plateau. C'est pourquoi je lui ai demandé poliment :

— Dicho... quoi ? C'est un vocable qui n'entre pas dans la ligne de mes références.

Il m'a expliqué ce que l'on entendait par

« dichotomie », les deux pôles d'un aimant qui se repoussent en quelque sorte. Je me suis exclamé :

— Ah bon ! Mais, monsieur, le plus grand bonheur d'un homme est d'avoir deux langues dans la bouche, surtout si la deuxième est celle d'une femme. Vous ne trouvez pas ?

Comme il ne trouvait pas, j'ai pris mon plus bel accent de travailleur immigré pour désénerver ce cas de figure :

— *Si, msiou ! Ji pense en arabe, mais ji trové machine à écrire qui écrit en francès tote seule.*

L'émission a été coupée net, j'ignore pourquoi. Je me suis levé et je suis sorti, méditatif. Dans la cabine de la régie, Catherine riait avec les techniciens.

— Ça commence bien, laissa-t-elle tomber.

— À question bête, réponse idiote, dis-je.

— Tu n'as pas respecté les règles du jeu.

— Quel jeu ? Je croyais qu'il s'agissait de littérature.

— Tu aurais voulu détruire ton livre, tu ne t'y serais pas pris autrement.

— Peut-être. De toute façon, ce monsieur n'a pas lu mon bouquin, juste le prière d'insérer.

Ce fut un tout autre registre avec Pierre Desgraupes, dans l'émission « Lectures pour tous ». Je me sentais petit en sa présence, parce que je me sentais compris. Il possédait son sujet. Pour lui, *Le Passé simple* était peut-être une révolte contre une société sclérosée, mais il était surtout une table rase des schémas et du style orientaliste de mes prédécesseurs. Par mon style concret, je sortais littéralement les cadavres des placards. Il me demanda de but en blanc si j'avais lu William Faulkner et je répondis non. Et Albert Camus ? « Non plus, je regrette. » *Le Passé simple* était à son sens l'étranger par excellence. Je ne savais que répondre, je bégayais. J'en arrivais presque à oublier les articles de presse qui avaient salué la parution de mon roman :

« Un livre tendancieux »

« Une étude sur le verbe »

« Tout ce qui est simple est beau »

« Quand un barbaresque s'exprime en français... »

« Signe particulier : l'auteur se fiance tous les six mois »

« L'Afrique brune » — et autres joyeusetés.

Le plus assidu de tous était un certain A.H. qui, dans l'hebdomadaire marocain *Démocratie*, réglait mon compte de semaine en semaine sous le titre « Driss Chraïbi, assassin de l'espérance ». Louis Massignon me traitait d'enculé, du moins dans les dîners en ville. Quant à François Mauriac, il n'était pas content du tout ; j'avais entaché son honneur. Sur les conseils de Claude Mahias, j'étais allé lui rendre visite au siège du *Figaro*, rond-point des Champs-Élysées. N'était-il pas le porte-parole de la droite éclairée et, par voie de conséquence, l'un des chantres de l'indépendance du Maroc, alors que la S.F.I.O. au pouvoir menait une politique colonialiste? Assis dans la pénombre de son bureau sur un siège qui avait la forme d'un prie-Dieu, il m'avait fort civilement reçu.

— Bonjour-bonjour. Robert Barrat m'a touché un mot à votre sujet. Prenez place, je vous prie. Vous vous destinez au cinéma, à ce que j'ai cru comprendre?

Sa voix semblait sortir d'un puits tari. J'avais bien un vague cousin qui avait collaboré avec Alfred Hitchcock, émaillé son film de quelques mots en arabe. Moi, expliquai-je, j'étais un débutant dans le monde des lettres et je me proposais de lui dédier *Le Passé simple*.

— J'espère qu'il n'y a rien dans votre ouvrage qui risquerait de ternir mon nom.

— Rassurez-vous, monsieur Mauriac. *Le Passé simple* est un livre de combat pour la liberté totale de mon pays.

— Eh bien, dans ce cas...

Et c'est ainsi que l'ouvrage en question parut avec la bande « NŒUD DE VIPÈRES EN TERRE D'ISLAM ». Philippe Rossignol, le patron des Éditions Denoël, avait le sens de l'humour. Et puis c'était un excellent homme d'affaires. Par contre, il avait refusé l'offre alléchante d'Hervé Bazin — une préface, sa signature valant son poids d'audience.

Bazin aussi avait publié un roman avec une vipère dans le titre. Rossignol avait usé de diplomatie, avait senti le vent : l'audience aurait surtout profité à l'auteur de la préface. Il m'expliqua par la suite que Bazin avait été lancé par Grasset, que le Seuil lui offrait un contrat plus substantiel parce que c'était une maison toute récente, que l'édition française était une belle entreprise peuplée de concurrents à la recherche de leur part de marché. Étais-je tombé dans le Milieu? J'ai toujours aimé la bonne chère et je faillis lui demander s'il ne serait pas intéressé par un ouvrage de gastronomie faite d'épices et d'ingrédients les plus divers. Le titre était tout trouvé : *Cuisine de Noël.* Je remisai ce projet dans un coin de mon cerveau, en prévision des jours de vaches maigres. J'étudiai avec lui l'argus. Après quelques aperçus exotiques, la presse venait de s'emparer de mon livre et le politisait à l'envi, tout en le vidant de sa substance littéraire. Le mensuel *Hommes et Mondes* me consacrait tout son dernier numéro, sous le titre « Le Maroc mis à nu ». Je ne comprenais plus rien.

— Vous avez lancé une bombe, me dit Rossignol, et vous vous étonnez que ça fasse du bruit? Tant mieux si on en parle, en bien ou en mal, mais qu'on en parle! J'en connais des auteurs qui vendraient leur âme pour être à votre place.

— Mais on tronque, on extrapole, on déforme mon propos.

— Vous êtes naïf.

Tête basse, je regagnai l'hôtel *Majory*, rue Monsieur-le-Prince (devenu à présent un immeuble de bureaux). Nous y occupions deux chambres, l'une pour Catherine et moi, l'autre pour discuter avec des amis de passage : Cathelin, James Baldwin et son amie Philippine, Oumar Deme, journaliste à *Bingo*, qui, des années plus tard, allait se retrouver ministre de Léopold Senghor, Lucien Plaissy qui courait les cachetons et avait pour dieu un certain Stanilasvski, Caserta la danseuse qui finançait ses études en repassant des pantalons dans un pressing, une actrice en herbe, et l'ineffable Sani Marchal que rien alors ne destinait à devenir un ponte de Radio Monte-Carlo dans les années soixante. Ce soir-là, je condamnai ma porte et me confiai à Catherine. Je ne voulais voir personne d'autre. Elle m'étreignit. Elle me dit :

— Driss, allons-nous-en !

Nous bouclâmes nos valises et retournâmes chez elle, à Strasbourg. Quelques mois plus tard, j'annonçais un livre en préparation : *Catherine, allons-nous-en !* J'aurais dû l'écrire. J'aurais dû partir pour de bon. À défaut de Port-la-Meule, Catherine voulait acheter l'île aux Lapins, au large de Perros-Guirec, toute petite, sans une âme, rien que des lapins, et un phare dont nous assurerions la garde à tour de rôle. Elle vivait son rêve. Moi aussi.

J'avais demandé à Mme Birckel la main de sa fille. Avec un demi-sourire, elle m'avait répondu :

— Qui ne dit mot consent.

Elle avait des cheveux rares relevés en chignon, la peau très fine, comme tendue sur le visage. Son œil gauche était d'un bleu profond, profond et tendre. Les paupières de l'autre œil étaient cousues, à la suite d'une délicate opération au cerveau — anévrisme. Des bandelettes en crêpe enserraient ses chevilles et ses mains étaient gonflées, déformées par l'arthrite. Elle prenait dix cachets d'aspirine par jour, disait : « Cela va passer dans un petit moment. » Et dès qu'elle se sentait mieux, elle se munissait de sa canne à pommeau d'ivoire et sortait — sortait par tous les temps. Strasbourg, c'était elle, ses origines, sa source, son passé et son présent confondus ! Le quai au Sable, la rue des Juifs, la Petite France, l'Ill, les anciens beffrois, la Meinau, Neuhof, la cathédrale. L'Alsace, c'était elle aussi, en culture, en histoire, en vécu — Turkheim, Molsheim, Bischeim, Bischwiller, Shiltigheim, Colmar, Trois-Épis, Labaroche, autant d'affluents qui nourrissaient le « fleuve » Strasbourg.

Elle était née dans une Alsace annexée à l'Allemagne de Bismarck après l'effondrement du Second Empire de Napoléon III ; elle avait connu le retour de sa patrie à la France après la Première

Guerre mondiale ; puis son rattachement au Reich ; puis la Libération finale. Elle ne remuait pas ces bouleversements comme une personne de son âge, elle ne radotait pas, ne se plaignait pas des déchirures de l'Histoire, pas plus qu'elle ne se plaignait de ce qu'elle appelait les « petites misères du corps ». Le soir, elle buvait du vin chaud où avait macéré un bâtonnet de cannelle. À quarante-deux ans passés, elle avait donné naissance à Catherine. Elle avait deux enfants plus âgés : Michel et Odile. Mais elle se sentait encore et toujours jeune depuis qu'elle avait mis au monde sa petite dernière.

Tout adolescente, on l'avait expédiée à Paris. Elle avait fait ses études au couvent des Oiseaux. Et elle avait été l'une des premières bachelières de France. Elle avait milité parmi les suffragettes de la Belle Époque, s'était débarrassée très tôt du corsage qui lui comprimait la poitrine et l'enserrait telle une momie, avait jeté son chapeau à voilette pour sortir dans la rue « en cheveux » ; elle dévorait les aventures d'Arsène Lupin et les billets d'Alphonse Allais, lisait et relisait les poèmes de Marceline Desbordes-Valmore, admirait Zola et son manifeste *J'accuse*, était dreyfusarde, fréquentait théâtres et bals des débutants. Sa passion était la valse. Elle pouvait danser des heures durant sur une toute petite table où l'on avait dessiné à la craie un cercle dont elle ne sortait jamais. Si son pas n'était plus élastique, sa vivacité d'esprit s'était aiguisée au fil des années, sa soif d'apprendre, de se renouveler. Je pensais à ma double culture ; je pensais à sa terre alsacienne, à ma terre marocaine.

Elle occupait un vaste appartement bourgeois, à deux pas du palais Rohan. Meubles de style, fenêtres à double vitrage. Au pied de l'immeuble, une rivière paisible, l'Ill. Le plus clair de sa fortune s'était transformé en bons russes, qui tapissaient sa salle de bains. Et sa chambre à coucher avait tout un mur de livres. Avec des amies de son monde et de son âge, elle avait institué une bibliothèque par roulement. Elles commandaient un ouvrage, le lisaient l'une après l'autre, en discutaient de vive voix afin de comparer leurs impressions. Très souvent, elles n'étaient pas d'accord avec les critiques littéraires professionnels. Ses après-midi étaient chargés : réunions dans le voisinage ou à l'autre bout de la ville chez Mme Ortlieb, ou bien chez Mme Lhomme, Mme Biedermann, Mme Paira... Son jour à elle était le vendredi. Nous sortions alors, Catherine et moi, pour nous attabler jusqu'au soir tombant dans un café de la place Kléber, discuter avec Jean Teichmann, journaliste aux *Dernières Nouvelles d'Alsace*, ou Frédéric Hoffet, un avocat qui prenait plaisir à défendre les gueux et les immigrés, au grand dam des bourgeois. Tous deux étaient devenus mes amis et ils le restèrent tant qu'ils vécurent. Parfois, nous dînions au res-

taurant universitaire Le Gallia d'une friture ou
d'un chapelet de saucisses. Je me mis à aimer la
bière. Catherine restait fidèle à ses boissons favo-
rites : le thé et le bouillon Kub. C'est là que je
fis un jour la connaissance de Daniel Bordigoni.
Il était interne à l'hôpital psychiatrique de Ste-
phansfeld et gagnait sa vie en faisant la plonge au
Gallia. Où que je me sois trouvé de par le monde,
nous ne nous sommes plus quittés, en quelque
sorte, depuis plus d'un demi-siècle.

Je résidai pendant sept mois chez Mme Birckel,
le temps qu'il fallut aux autorités de mon pays et
à l'administration de la Résidence pour m'établir
un extrait de naissance et une fiche d'état civil, via
les services municipaux, le cadi, le pacha de Casablanca et le traducteur assermenté. Ma chambre
était située au bout du couloir, avec une entrée
particulière. Catherine m'y rejoignait quelquefois
la nuit. J'étais perplexe. Mme Birckel était-elle
tolérante plus que de raison, en dépit de sa morale
bourgeoise et de son sens inné du Bien et du Mal ?
Ou bien nous faisait-elle confiance, les deux yeux
fermés et le cœur en paix ? Je ne sus jamais que
répondre. Je me résolus un soir à lui dédicacer
un exemplaire du *Passé simple* que j'avais hésité
jusque-là à mettre entre ses mains, parce que trop
violent pour elle, voire coprolalique par endroits.
Elle me remercia et le plaça dans son couvre-livre
en maroquin vert. J'attendais son jugement entre

tous les jugements. Ce n'est qu'une semaine plus tard qu'elle me dit d'une voix douce :

— Vous n'êtes pas de ce monde, mon cher Driss.

Elle fit une pause, ficha une aiguille à tricoter dans son chignon avant d'ajouter posément :

— Vous n'êtes ni de votre monde ni du nôtre. Vous êtes au dix-neuvième siècle... Je n'ai rien dit, Driss. Je me comprends.

Moi, non. Je ne comprenais rien, pas l'ombre d'un sens à ses paroles. Je recevais presque quotidiennement des lettres d'insultes en provenance de mon pays natal. Et ce matin-là, précisément, j'avais appris qu'un parti politique m'avait condamné à mort. Un sentiment de culpabilité s'emparait de moi et il m'arrivait d'avoir des insomnies. Qu'avais-je fait là sous la forme d'un livre ? Avais-je accouché d'un monstre ? Et brusquement, entre la poire et le fromage, je réalisai pleinement le sens et la portée de ce que Mme Birckel m'avait dit une demi-heure plus tôt.

Elle était assise en face de moi, me souriait, me regardait avec bonté de son œil grand ouvert. Non, oh non ! je ne vivais pas en ce vingtième siècle.

— Ce n'est qu'une impression, mon cher Driss. Ce n'est pas parole d'Évangile. Tout le monde peut se tromper, surtout moi.

Oh non ! elle ne se trompait pas. Qu'avais-je connu du monde sinon les grandes idées humanistes qui avaient nourri le siècle précédent et dont mes professeurs m'avaient nourri durant toutes mes études secondaires ? Pour avoir traversé trois époques différentes de l'Histoire, elle était à même de percevoir ce qui m'avait animé dans la rédaction de mon livre, les ressorts secrets qui avaient guidé ma plume et ma révolte. Elle avait mis entre parenthèses, au sens affectif du terme, les guerres et les occupations de son Alsace natale pour ne garder que les idéaux, coûte que coûte, une marche en avant pour sa plus grande humanité, en dépit de l'âge et des « petites misères du corps ». Moi aussi, j'avais mis entre parenthèses le colonialisme et même la Seconde Guerre mondiale, comme s'ils n'avaient jamais existé. Mon monde d'origine m'avait légué quelques sourates du Coran, quelques faits et gestes d'un prophète qui avait vécu très autrefois et qui ne pouvait plus ni voir ni entendre ce qui se passait chez nous en notre temps, le respect des père et mère sans jamais leur demander le moindre compte, l'absence totale de crise d'adolescence (ce que par la suite les écrivains maghrébins de la nouvelle génération devaient qualifier de « crise d'identité »), l'obéissance passive aux dogmes et aux traditions, l'ordre établi du bas en haut de l'échelle sociale d'où il ne fallait pas sortir sous peine d'exclusion. À ce monde-là s'était substitué non le monde des Français, mais l'âme bouillon-nante du dix-neuvième siècle tel que me l'avaient chanté mes professeurs de lycée, livres à l'appui. Et ils me l'avaient enseigné parce que leur pays avait perdu la guerre, était occupé par les Allemands et vivait sous le régime de Vichy. C'était cela leurs idéaux et ils étaient devenus les miens, pleinement.

En se levant de table, Mme Birckel passa près de moi et m'ébouriffa les cheveux.

— Oubliez. Je n'ai rien dit. Suis-je bête!

Encore à présent, j'étais dans le Paris de 1885, ce lundi 1er juin de l'an 1885, lors des funérailles nationales de Victor Hugo. Deux millions de personnes étaient descendues dans la rue, les canons tonnaient depuis le mont Valérien, la capitale était couverte de fleurs. Ce n'était pas tant l'apothéose de Victor Hugo que l'on célébrait que le sacre de la République. J'étais avec la foule déchaînée ce soir-là de 1830, à la bataille d'*Hernani*. J'étais avec deux femmes, Flora Tristan et Louise Michel, qui luttaient haut et fort pour le triomphe des droits individuels. J'étais avec Émile Zola au moment même où il rédigeait sa lettre ouverte, *J'accuse*. J'étais avec et pour Dreyfus, sémite comme moi. J'étais avec les journalistes qui n'hésitaient pas à faire de la politique; avec mes lointains confrères Taine, Renan, Balzac, Eugène Sue, George Sand, Edgar Quinet qui descendaient dans l'arène, même s'ils n'avaient pas les mêmes idées. J'étais avec Liszt quand il se mettait au piano chez son ami Prosper Lenfantin. J'étais avec leur bouillonnement multiple, leur création, leur désir d'une société nouvelle. J'étais pour la vie. Non, je n'oubliais pas mes origines, les rejetais encore moins. Je les *ouvrais*, les régénérais. C'était une entreprise de longue haleine, insensée.

Je fêtai mon premier Noël en famille et dehors à la fois, *urbi et orbi* comme dirait le pape. Un sapin des Vosges était dressé dans le salon, mais il y en avait un autre devant la porte d'entrée, bien plus grand. Il y en avait une profusion dans la ville, à chaque coin de rue. Ceux des carrefours étaient tout illuminés, au pied desquels on avait installé des hottes. Les passants étaient autant de pères Noël qui venaient y déposer des colis. Dans les cafés et les magasins encore ouverts pour des achats de dernière minute, pendaient des lustres de gui sous lesquels les gens s'embrassaient joyeusement. Nous ne cessions, Catherine et moi, d'entrer dans les boutiques ou les estaminets pour en ressortir presque aussitôt, le temps de nous embrasser pour de bon. En cours de chemin, nous croisâmes Daniel Bordigoni. Il donnait le bras à une jeune fille brune qu'il nous présenta par son simple prénom : Suzanne. Une choucroute aux chipolatas l'attendait pour le réveillon et il nous invita amicalement à se joindre à lui pour la déguster. « Compris, dit-il. Famille-famille. Au prochain

Noël ! Salut. » Et il s'en fut droit devant lui, avec juste un blouson sur le dos. Suzanne courut pour le rattraper, escarpins et manteau de fourrure. Si emmitouflés que nous fussions dans nos pelisses d'hiver, nous avions failli geler sur place en échangeant ces quelques propos, surtout Catherine qui n'avait pas une once de graisse. Nous hâtâmes le pas. Le vent du nord soufflait depuis la veille et l'étoilée était un abîme au-dessus de nos têtes, très lointain et profond. Nous n'entrâmes pas dans la cathédrale, toute proche du quai au Sable. Nous venions d'atteindre le parvis lorsque les cloches se mirent en mouvement. Et, au milieu de ces cloches, brusquement le gros bourdon donna de la voix, fit majestueusement tomber du ciel vers la terre les douze coups de minuit avec des résonances de bronze. À l'arrière-plan sonore répondaient en échos les sirènes des péniches, amarrées au Port autonome du Rhin. Et dans la cathédrale retentissaient les grandes orgues.

La maison était pleine de monde, embaumée de fragrances de cannelle et de gingembre — biscuits de Noël en forme de poissons et d'étoiles. Debout au milieu d'un cercle de proches et appuyée sur sa canne, Mme Birckel se mit à entonner le chant traditionnel alsacien. Je m'étais attendu à quelque chose de familier, comme *Mon beau sapin*, *Les Anges dans nos campagnes*, voire *Douce nuit* en version originale, *Stille Nacht, heilige Nacht.* Ce fut, repris en chœur à faire trembler les vitres, le seul cantique populaire en ce temps-là, parce qu'il était de pure inspiration française et ne devait rien à la langue allemande : « Vive le vent ! vive le vent ! vive le vent d'hiver ! » Et le lendemain nous nous régalâmes, non d'une dinde, mais d'une oie du terroir. La maîtresse de maison réserva pour elle le morceau de choix, le sot-l'y-laisse. Curieusement, les boissons furent limitées au minimum, un verre de crémant d'Alsace pour nous souhaiter mutuellement le renouveau, en souvenir de la nativité du Christ. Mais il y avait des oranges et des corbeilles de dattes et d'amandes sous le sapin — offrandes des rois mages. Il ne manquait que le soleil du Maroc.

Un haut fonctionnaire de Rabat est venu me rendre visite à l'improviste, porteur d'un message confidentiel, oral. Il avait froid, très froid. Je l'ai installé près du poêle, dans le fauteuil Voltaire de Mme Birckel : elle était sortie en courses avec Catherine, à travers la ville parsemée de plaques de verglas. Mon compatriote m'a remercié et m'a demandé des nouvelles de ma santé, comment je pouvais supporter ce climat polaire, si je comptais rentrer bientôt au pays qui m'attendait avec tous ses citoyens, sa chaleur et son ciel bleu. Puis il a baissé la voix pour me faire promettre, par Allah et le Prophète, de ne jamais révéler son identité. Je lui en ai fait le serment. Pendant un demi-siècle, j'ai tenu parole. J'ai oublié son nom d'ailleurs.

Et c'est en arabe qu'il m'a parlé, de frère à frère, même père même mère ou tout comme. Avais-je oublié l'audience que Sa Majesté Mohammed V m'avait accordée, alors que je faisais mes études de chimie? Non, bien sûr et bien évidemment, un événement de cette importance ne s'oubliait jamais, cher ami. Comme Allah l'avait dit dans Son Coran, « en quoi pourrions-nous Le mettre en doute? ». Et qui était donc ce seigneur du *Passé simple*? Non, il ne venait pas de la part de mon père qui, soit dit en passant, était toujours mon père et me gardait au chaud ma part du patrimoine en dépit de mes errements. Il était en quelque sorte un émissaire officieux des forces vives de la nation qui se battaient pour l'indépendance, l'honneur, le roi et la foi. Passe encore si j'étais issu d'une famille d'ouvriers ou de gueux, mais ma famille tant paternelle que maternelle faisait partie de la grande bourgeoisie, de l'establishment. Mon livre risquait d'être mal interprété (il l'était déjà) et d'influencer dans le mauvais sens notre belle jeunesse. Si du moins je l'avais signé d'un pseudonyme français! Le vrai patronyme d'Éluard était Grindel, Eugène Grindel, n'est-ce pas?... J'ai fini par laisser tomber :

— Vous voulez que je renie mon œuvre?

— S'il vous plaît! Par écrit. Les paroles s'envolent, les écrits restent.

Je me suis attablé devant ma machine à écrire et, de guerre lasse, j'ai tapé une mise au point à l'aveuglette. Le haut fonctionnaire m'a serré la main et s'en est allé. Il avait brusquement chaud. Deux semaines plus tard, la mise au point parut dans l'hebdomadaire *Démocratie*, sur une double page. Elle avait pris du volume.

— Vous avez souffert à ce point ? me demanda Mme Birckel lorsque je l'eus mise au courant.

Catherine ne voulait rien entendre.

— De toute façon, tentai-je de lui expliquer, je voulais me débarrasser de ce livre. Je suis en train d'en écrire un autre, une suite du *Passé simple* transposée en France. J'ai déjà trouvé le titre : *Les Boucs*. Qu'en penses-tu ?

Dans sa chambre, il y avait un « pick-up » à pavillon. Elle tailla l'aiguille de teck avec un canif, puis mit un disque 78 tours sur le plateau. Elle dit :

— Mozart. *Concerto du Couronnement*. Au piano Dinu Lipatti.

Elle ferma les yeux pour écouter. Les miens étaient grands ouverts. J'étais bouche bée, sidéré, et c'était comme si mon âme remontait entre mes clavicules. À un certain moment, nos mains se cherchèrent, se réunirent.

— Comment ? Tu ne connais pas ? Dis-moi que je rêve ! Et ça ?

Il y avait toute une pile de disques au pied de son lit. Je ne dînai pas ce soir-là. Je passai la plus grande partie de la nuit à l'écoute d'un étincelant concerto de Prokofiev, puis de deux ou trois symphonies de Beethoven, de la *Sonate à Kreutzer*, des *Quatre Saisons* de Vivaldi, du *Magnificat* de Jean-Sébastien Bach, des *Concertos brandebourgeois* avec Paul Sacher au clavecin... C'était un monde enchanté, qui s'ouvrait devant moi, dont je n'avais jamais soupçonné l'existence. Jusqu'au petit matin, je lus *La Petite Chronique* d'Anna Magdalena Bach.

Je me mis à fréquenter, à hanter les salles de concert, non pour les chefs d'orchestre et les solistes de renom qui s'y produisaient, mais pour les œuvres qu'ils interprétaient. Je fermais les yeux et j'écoutais, faisais descendre en moi les harmonies et les envolées, les frémissements et les soupirs. Strasbourg méritait bien son nom : plus qu'une croisée des chemins, du temps et de l'espace, c'était un carrefour où convergeaient les grands fleuves de la musique. Avec les beaux jours, je n'eus pas à aller bien loin : c'est en plein air, sur l'esplanade du palais Rohan, qu'avaient lieu les concerts. Très souvent, c'était Louis Martin qui dirigeait l'orchestre — un vieil ami de Catherine. Je rêvais — et rêve encore — d'écrire un jour un roman sous forme de symphonie, où chaque mot serait une note de musique.

4

Nous nous mariâmes au temple Saint-Nicolas. Le pasteur Horst fit un bref sermon, très simple, qu'il termina par une citation de l'Évangile : « Dieu pourvoit à la nourriture des corbeaux » — ce même verset que j'avais transcrit l'avant-veille dans le manuscrit *Les Boucs* consacré à la décristal-lisation humaine des immigrés en France. J'avais ajouté : « Oui, mais nous sommes loin d'être des corbeaux ! » Puis M. Horst contempla Catherine, toute gênée dans sa robe en organdi blanc, elle qui était presque toujours en pantalon et blouson. Il dit :

— Catherine, je t'ai vue naître, je t'ai baptisée ici même, je t'ai vue grandir. Et me voici heureux de célébrer ton mariage.

Il se tourna vers moi et je baissai les yeux, raide de corps et d'âme dans un costume noir assorti d'une chemise à plastron empesée, col cassé et nœud papillon.

— Jeune homme, c'est pour moi un plaisir de vous unir à Catherine par les liens du mariage, selon le rite protestant. Si vous êtes venu de si loin, vous ne pouviez pas mieux tomber.

Nous prononçâmes le « oui » sacramentel et échangeâmes nos anneaux.

— Je vous bénis tous deux, dit le pasteur. Vous pouvez maintenant embrasser la mariée.

Je soulevai la voilette de Catherine et lui donnai un baiser. S'éleva, retentit et s'amplifia la *Water Music* de Haendel aux grandes orgues. Je connaissais l'organiste, aveugle de naissance. Il s'appelait Paul Nardin. Daniel Bordigoni avait refusé de pénétrer dans le temple, bien que je l'aie toujours connu protestant jusqu'au bout des ongles. Il n'aimait pas les cérémonies. Il était là sur le trottoir, au milieu des badauds, des vivats et de la pluie de riz qui tombait sur nos têtes. Pataud, il me remit un colis : « Petit cadeau, dit-il, c'est rien du tout. » Plus exactement, il s'en défit et se sauva. C'est dans la voiture qui nous ramenait quai au Sable que je défis le paquet : une cartouche de Gauloises, un jupon couleur saumon et une paire de jarretelles, avec ce petit mot : « Honni sois-tu qui mal y penses ! » Catherine tenait un bouquet de muguet à deux mains.

Le soir même, nous étions à Labaroche, dans le Haut-Rhin. Mme Birckel y possédait une résidence secondaire, bâtie au pied du mont Hohnack au début du dix-neuvième siècle. À des lieues à la ronde, on l'appelait « Les Courants d'air ». Je ne vais pas décrire Labaroche, cette commune aux maisons éparpillées, distantes les unes des autres de près d'un kilomètre et dont la superficie avoisinait celle de Paris. Je ne veux pas la décrire telle que je l'ai connue, de peur de la voir défigurée par les promoteurs, si jamais j'y retourne un jour. Qu'il me suffise de dire que je l'ai passionnément aimée, que c'est là où j'ai aimé et ai été aimé. La lune de miel a duré deux ans avec Catherine, et autant sinon davantage entre Labaroche et moi.

Nous étions cette nuit-là dans l'intimité de la détente qui suit et prolonge l'élan, quand tout à coup on frappa à la porte. Une voix résonna sous l'auvent, entonnant une chanson des Frères Jacques : « Ce n'est que le petit bout de la queue du chat / qui nous électrise. » C'était Daniel Bordigoni. Il était accompagné de Suzanne Bader, sa fiancée de fraîche date. Il déposa sur la table le viatique de l'amour : une pièce de bœuf. Il était comme ça, Daniel. On n'en fait plus comme lui. J'enfournai quelques bûches dans l'antique poêle en faïence qui trônait dans le salon. Les tranches de viande, nous les fîmes rôtir sur la grille à feu vif. Suzanne avait apporté de Barr un bocal de quetsches marinées dans du kirsch. Catherine buvait du thé et essayait de se mêler à la conversation. Mais c'était surtout Daniel qui parlait, comme s'il donnait un cours magistral dans un amphithéâtre d'université. Il avait aimé mon livre, beaucoup, l'avait relu à plusieurs reprises. Il y trouvait quelques failles, quelques « pailles ». Il l'analysa selon les canons de Freud, le signifiant et le signifié. Ici, Catherine lui tendit un steak épais et il lui dit merci; et Suzanne un petit verre de kirsch et il dit : tout à l'heure. Ce qui l'intéressait, c'était le non-dit. Bien sûr, l'auteur n'était pas à même de s'en rendre compte, mais... Il finit par déconner — et moi avec lui. C'était sa façon de se défouler, de ne rien prendre au sérieux, rien ni personne. Au petit matin, il nous exhorta à nous rendre à Paris, à y trouver un logement. Ce n'était pas en restant à Labaroche, loin de tout, que je continuerais à écrire. Les petits oiseaux et les fleurs des champs ne lui inspiraient pas confiance. Suzanne et lui étaient partis lorsque nous émergeâmes du sommeil. Catherine trouva dans un verre à dents un billet de banque roulé en cornet.

Pendant des mois et des mois, je vécus sans me soucier de ce qui se passait dans le monde. Ni radio ni journaux. Pas de téléphone. Et les quelques lettres que je recevais, même celles à en-tête des Éditions Denoël, je m'en servais pour allumer le feu.

— Tu ne les lis pas? me demandait Catherine.

— Bah! répondais-je. Ce n'est pas important.

— Et qu'est-ce qui est important d'après toi?

— L'instant présent.

Et je la prenais dans mes bras. J'avais vite adopté son insouciance, son langage. Je ne demandais que cela. J'avais mille projets, de roman, de théâtre, de cinéma, et je les remettais au lendemain. J'étais avec elle, à Labaroche, rien que nous deux. Je me sentais aussi léger que l'air dans cette maison dénommée « Les Courants d'air ». Une sente descendait de la terrasse, sinuait à travers les prés où chantait l'eau dans les rus, aboutissait dans un tournant à la ferme des Marcellin où nous nous procurions des œufs frais pondus et du lait dans un bidon, un morceau de lard à l'occasion. Mme Marcellin appelait ma belle-mère « la douairière ». Son mari était dans les champs hiver comme été, arrosant l'herbe avec du purin qu'il transportait dans une brouette, fauchant le foin avec une faucille, hissant ce foin en ballots sur son dos, petit, sans âge, sec et alerte. Des guerres mondiales, il ne se souvenait que de la première qui l'avait mobilisé un jour dans un régiment des Vosges et les avait envoyés en Russie par un froid de canard, pour protéger des Rouges un certain Alexandre Fédorovitch Kerenski dans son palais de Saint-Pétersbourg. Il avait failli geler debout, lui et son fusil à baïonnette, dans le dégel et la gadoue. Le lait, j'en prélevais délicatement la crème qui surnageait, la versais dans une jatte jour après jour, et, lorsqu'il y en avait une certaine quantité, je la battais avec un fouet en bois. Bucolique ? Peut-être. Mais j'étais si heureux quand se formait une motte de beurre. Je retrouvais l'usage de mes mains qui pouvaient faire autre chose qu'écrire ou taper sur les touches de ma machine à écrire, dans les affres de l'inspiration et du doute. Et je fendais à coups de hache sur un billot les bûches de sapin et de chêne que Mumu, le menuisier de Labaroche-Chapelle, nous livrait par stères. L'arôme de ces bûches que j'empilais sous l'auvent, je le humais longuement, de quoi emplir mes poumons de liberté.

Il y avait un magasin d'alimentation et une boucherie à Labaroche-Place. Nous nous y rendions une ou deux fois par semaine, par un chemin en pente raide bordé par endroits de talus, quatre à cinq kilomètres de marche. L'épicerie était une petite boutique où l'on trouvait des denrées de base, des boîtes de sardines et des caramels mous, et même du tabac sous forme de carotte et pesé, sur une balance romaine. Pour les cigarettes, il fallait les commander à l'avance. Avant toutes choses, Catherine achetait du thé et des carrés de bouillon Kub, puis une énorme miche de pain, du hareng fumé et du munster dont elle raffolait. J'ajoutais dans le cabas des légumes, quelques tablettes de chocolat et un pot de miel que j'avais l'habitude de manger à la cuiller dans mon pays — voire à pleine louchée puisée directement dans la jarre. Nous ne payions pas. Nous avions un carnet où l'épicier inscrivait à mesure les articles et leur coût.

La bouchère s'appelait Mme Simon, une femme bien en chair et avenante s'il en fut. Elle ne vendait pas de viande d'agneau, de mouton encore moins, et j'avais la nostalgie des tajines. Je me rabattais sur les abats de bœuf que j'accommodais par la suite avec du cumin d'Alsace et du raifort, à défaut des épices familières. (Le couscous était un célèbre inconnu.) Catherine ne manquait jamais de faire l'emplette d'un chapelet de « gendarmes », saucissons secs en forme de trique. Là aussi, nous utilisions un carnet de crédit. Pour remonter chez nous, c'était la croix et la bannière, le croissant aussi. Elle me lançait : « Allez! du jarret! », me poussait dans le dos, chantait à pleine voix : « Un kilomètre à pied, ça use, ça use... » pour me donner de l'entrain. Par temps d'hiver — et quel hiver ici! — c'était littéralement la randonnée à l'aveuglette.

La porte d'entrée était quelque peu protégée par l'auvent qui couvrait la véranda. Au-delà, c'était un amoncellement de neige qui atteignit cette année-là une hauteur de deux mètres, c'était le blanc absolu sans un seul son entre ciel et terre. La table en pierre sur la terrasse avait disparu, la terrasse également, le lilas et les cotonéasters qui la délimitaient, les deux jeunes bouleaux que nous avions plantés au début de l'été, l'escalier qui menait au chemin, le chemin, tout avait disparu. À perte de vue sur la plaine d'Alsace et jusqu'en Allemagne, c'était un univers blanc et étincelant sous le soleil.

Catherine dansait sur place, « Hip-hip-hip hourra! », battait des mains. J'aurais bien voulu me calfeutrer au chaud dans la maison jusqu'au dégel, à tout le moins admirer depuis la véranda la splendeur du paysage. Mais il n'y avait plus un brin de thé, pas une seule cigarette, il fallait nous rendre au village. Je hasardai une échappatoire :

— L'épicerie a disparu, le village n'existe plus à l'heure qu'il est. La neige a dû le couvrir en entier puisqu'il est tout en bas.

— On va aller s'en rendre compte, répondit Catherine.

Nous enfilâmes des tricots les uns par-dessus les autres, une veste, un manteau, des bottes, des gants. Et nous nous lançâmes à l'aventure, munis chacun d'une pelle. C'est-à-dire qu'elle se lança en avant et je la suivis, mettant mes pieds dans ses pas. Et nous nous mîmes à creuser et à rejeter les pelletées de neige de part et d'autre du chemin. Mais où y avait-il un chemin? Comment pouvait-elle s'y retrouver sans aucun repère, ni à droite, ni à gauche, ni devant?

— Comment...

— C'est de la poudreuse, ça avance. Creuse.

La plupart du temps, c'était un sentier étroit qui se formait à mesure que nous creusions ; parfois c'était un petit tunnel d'où nous finissions par émerger, pliés en deux, et qui s'écroulait aussitôt derrière nous. Catherine était toute rouge. Moi, j'avais le souffle court et les reins en plomb. Elle chantait, redoublait d'effort. Si je me souvenais bien, des « Courants d'air » à Labaroche-Place, il y avait quatre maisons isolées. Leurs habitants avaient sûrement déblayé devant leur porte sur toute la longueur des façades. Mais il n'y en avait que quatre, de maisons. Nous reprîmes nos pelles et notre ardeur.

La place du village avait été dégagée, un camion-benne s'éloignait sur la route départementale en projetant des gerbes latérales. Les toits étaient blancs, l'épicerie ouverte. J'eus une inspiration subite. Je dis :

— Nous aurions pu marcher *sur* la neige, quitte à nous enfoncer de temps en temps jusqu'à mi-jambe.

— Moi peut-être, répondit Catherine. Toi non. Tu te serais vite retrouvé en bas, dans la plaine.

Comment ai-je pu remonter tout en haut ? Elle prétend que ce fut sur son dos. (Je viens de lui téléphoner en Angleterre et elle maintient son

assertion en ce début du troisième millénaire, qua-
rante-quatre ans plus tard : c'est sur son dos que
j'ai pu rentrer à la maison. Moi, je dis que ce fut en
skiant. Je n'ai jamais chaussé de skis de ma vie.)

Ce fut un bel hiver, digne de mes rêves d'adolescent qu'avaient nourris les romans de James Oliver
Curwood, les loups et les chiens de traîneau en
moins. Mais le vent d'est les imitait à la perfection,
les sapins diaprés de gemmes et de stalactites
blanches s'élançaient à la conquête du ciel tout
comme ceux du Grand Nord canadien, leurs
cimes disparaissaient dans les nuages, là-haut sur le
mont Hohnack. D'autres nuages, plus petits, plus
denses, flottaient épars et très bas au-dessus de la
plaine, tels d'immenses gypaètes en vol plané. Ils se
mariaient, unissaient leurs couleurs, tournoyaient
dans le vent, couraient vers l'horizon pour revenir
sous d'autres formes et en d'autres tons. Le soleil s'y
levait en faisceaux violets. Et il s'y couchait en une
symphonie de topazes, d'opales et d'émeraudes.
Dès le réveil, je réactivais les braises de la cuisinière et des poêles, les nourrissais de bûches. Puis
je débloquais la porte d'entrée et remplissais de
neige deux casseroles que je mettais sur le feu,
l'une pour le thé, l'autre pour dégeler les tuyaux
dans la cave à l'aide d'une serviette trempée dans
l'eau chaude. Même gainés de papier journal tor-

sadé, ils avaient gelé un jour. Catherine changeait l'eau de la bouillotte qu'elle plaçait sous ses pieds durant la nuit, remplissait la théière, faisait griller des tranches de pain sur la plaque, les tartinait de beurre et de miel, apportait le plateau du petit déjeuner dans le salon, éclatait de rire à tout propos, me racontait son rêve nocturne et ses rêves éveillés, me disait des mots doux. Ce faisant, elle avait besoin de me toucher dès que je passais près d'elle, m'ébouriffait les cheveux, promenait lentement sa main le long de mon échine, s'attardant sur ma nuque. (Lorsque je lui ai téléphoné en Angleterre, elle m'a dit incidemment qu'elle se faisait faire des piqûres dans les jointures de ses mains, déformées par la polyarthrite comme celles de sa défunte mère.) Elle plaçait un coussin derrière mon dos, s'asseyait sur mes genoux, sa longue chevelure blonde caressant mon visage. J'étais bouleversé par ces attentions de femme. Le thé, nous le sirotions dans le même verre, une gorgée chacun. Elle allumait ensuite une cigarette pour nous deux. Oui, j'étais bouleversé à l'état pur. Dehors, c'était la tempête à l'état pur.

Romantique ? Des années plus tard, j'ai appris à mes dépens que le romantisme était devenu une affaire de ringard. J'ignorais qu'il y avait la guerre en Algérie. J'ignorais totalement l'existence de Hassan II. Avez-vous vu une fleur s'ouvrir ? Avez-vous vécu une idylle sans commencement sans

durée sans fin ? Savez-vous ce qu'est une naissance ? Avez-vous jamais entendu le désert chanter ? Dehors, c'était le chant des éléments. Nous
l'écoutions tout en écoutant la *Symphonie pastorale*
de Beethoven. Je retrouvais mon âme d'enfant,
l'époque frémissante où tout était à découvrir, tout
à aimer. Est-il vrai que l'homme peut connaître
tous les chemins de l'existence, à l'exception de
celui qui le mène vers lui-même ? J'en discutais à
longueur de journée avec Catherine.

Une luge servait autrefois à transporter des
coupes de bois depuis la montagne. Catherine
l'avait découverte dans la cave. Je m'y installais
à califourchon et dévalais la pente. Je n'allais pas
bien loin. Presque toujours, un arbre déguisé en
fantôme arrêtait mon élan. Je me retrouvais hors
piste, roulé en boule dans la neige à quelques
mètres de la luge. J'avais beau varier le parcours,
un arbre se matérialisait à l'instant même du choc.
Peut-être était-ce le même ? Je réussissais parfois
l'exploit : jambes étendues droit devant, je freinais
avant l'obstacle. J'en étais quitte pour quelques
contusions, quelques bleus, et ma joie était vive.
Je m'enhardis jusqu'à marcher comme un bipède,
homo erectus originaire du royaume du soleil.
Sapiens également, puisque j'étais soutenu par
deux cannes. Je riais dans le vent en pensant à
l'évolution des femmes de mon pays : elles se
servaient à présent d'un balai muni d'un manche,

alors qu'elles n'avaient auparavant qu'un balai sans manche. Je tombais tous les quinze ou vingt pas. Comment Catherine pouvait-elle évoluer ainsi, même sur des plaques de verglas, sans choir de tout son long, sans même rentrer dans un arbre ? Elle décida un jour de grimper au sommet du Hohnack pour y cueillir des edelweiss — « Allez, chéri ! donne-moi la main. » Bien sûr, je l'accompagnai... jusqu'au pied du mont. Je me mis à danser sur place pour me réchauffer. Et elle redescendit un quart d'heure plus tard, avec un bouquet d'edelweiss. Transie de froid. Transie et guillerette.

Ma vieille machine à écrire Underwood rouillait par endroits. Je l'avais donc peinte en bleu ciel et j'attendais que la peinture sèche. J'attendais aussi de trouver l'inspiration. Je contrôlais de temps en temps du bout de l'index : non, la laque que l'on m'avait garantie extra-rapide n'avait pas encore durci. J'étais bien content. L'architecture du roman que je projetais d'écrire était encore molle. J'étais tout aussi content. J'avais bien couché noir sur blanc quelques notes dans un cahier d'écolier, mais du diable si j'arrivais à leur donner un semblant de cohérence. Demain était un autre jour. Et puis l'hiver ne semblait pas disposé à tourner la page...

Nous lisions. Nous avions de la lecture jusqu'au

printemps — et même au-delà. J'avais coltiné depuis Paris, via Strasbourg, deux lourdes valises bourrées de livres : pratiquement toute la collection « Du monde entier » aux Éditions Gallimard que m'avait offerte Claude Mahias, mon premier lecteur chez Denoël. Je lisais n'importe où, et même dans les toilettes, je lisais jusqu'à voir des taches noires devant mes yeux. Je ne lâchais pas un seul ouvrage avant de l'avoir terminé. Je le passais ensuite à Catherine et elle me remettait celui qu'elle venait d'achever. Ce sont surtout les écrivains américains qui d'emblée ont emporté mon adhésion. Je ne lisais pas leurs livres dans l'ordre. Mais, de *Nous, les vivants* d'Erskine Caldwell à *Lumière d'août* de William Faulkner en passant par *Les Élus du Seigneur* de James Baldwin, tous m'apportaient l'aisance dans l'écriture, des techniques nouvelles dans la narration, un horizon ouvert par et dans la littérature. Les personnages entraient de plain-pied dans le récit, il n'était plus besoin de les décrire ou de les situer. Les « petits Blancs » de *La Route au tabac* pouvaient vivre en d'autres lieux. Misère du monde rural, revendications sociales, voire anarchisme comme dans *Rue de la Sardine,* cocasserie verbale, enfermement des Noirs dans leur négritude — alors qu'un Senghor prônait le contraire, parce qu'il se regardait écrire —, les auteurs étaient là, certes, mais ils dominaient leur sujet, lui donnaient un tout autre espace que celui du roman traditionnel. Ils amenaient le lecteur à y participer, au lieu de le subir, en bien ou en mal. Le personnage principal de *Manhattan Transfer* était tout simplement la ville de New York; celui du *42ᵉ Parallèle* l'Amérique du Nord tout entière. J'étais très loin d'*Autant en emporte le vent,* qui faisait fureur à l'époque. Très loin surtout de mes maîtres à penser dont l'idéalisme primait par rapport à la réalité. Si artistes qu'ils fussent, ces Américains étaient des militants engagés du monde moderne. Ils entraient dans la littérature comme un éléphant dans un magasin de porcelaine.

Faulkner fut pour moi une révélation, un éblouissement. À un certain moment, je me suis demandé si, à lui seul, il n'était pas plusieurs auteurs à la fois, doués du même talent. Il me prit dès les premières pages du premier livre que j'ouvris et il ne me lâcha plus, même lorsque j'eus refermé sa dernière œuvre. Et je le relus. C'était le récit éclaté dans le temps et recomposé par le temps. C'était le présent qui prenait source dans le passé et le passé qui éclairait le présent en des ramifications viscérales qu'épousait un style à nul autre pareil. C'était la multitude des personnages, portant parfois le même nom, qui vivaient leur propre vie et l'ajoutaient à la vie des autres, comme des vagues se couvrant et se renouvelant pour donner naissance à la marée montante. L'influence de William Faulkner était telle que j'eus grand-peine à retrouver mon langage et mon identité. C'est lui qui me secoua en quelque sorte — me « secoua les puces », dit Catherine — et me fit inconsciemment retrouver l'usage de ma machine à écrire. Mais ce ne fut pas dans *Les Boucs* qu'il se manifesta ; ce fut dans *L'Âne*, publié un an plus tard. Ce livre n'eut pas de succès — et c'est un euphémisme... C'est à cette époque que Kateb Yacine publia *Nedjma*. Son œuvre fut bien accueillie par la critique, mais il se trouva quelques beaux esprits pour ergoter sur son style arabe « circulaire » et établir un parallèle avec notre aîné d'outre-Atlantique. Kateb Yacine n'y alla pas par quatre chemins : il publia un long article intitulé : « Descends, Faulkner ! » Il nous avait rendu visite à Labaroche, le temps de boire quelques verres, le temps aussi de se reposer.

L'épicier ne nous dit pas qu'il était temps de songer à le payer. J'étais le gendre de la douairière (Mme Birckel) et Catherine était sa fille. Il lui fit simplement remarquer que le carnet de crédit était plein et qu'il fallait peut-être en commencer un autre. Elle dit avec un grand sourire :

— Oui, bien sûr.

Je compris à retardement qu'il me fallait trouver de l'argent. Le Dr Walter habitait près de chez nous, à quelques centaines de mètres. Il avait le téléphone. J'appelai Philippe Rossignol. Il me dit :

— Non. Pas un sou. Je ne suis pas un banquier.

Je bouclai en quinze jours le manuscrit des *Boucs* et le lui envoyai. Il changea d'avis. Vint le printemps. Et s'il y a une chose que je n'oublierai pas de sitôt, c'est ce printemps-là. Je dormais. Un murmure me réveilla, étranger aux bruits familiers de la nuit. Il était doux, indicible et doux, telle la caresse d'un doigt sur une corde de luth, avant que ne se forme une note pleine. Un autre murmure lui répondit en résonance, d'autres encore, timides, à peine ébauchés. Et d'un seul coup, ce fut la musique des eaux. Je me mis sur mon séant, toute écoute. Catherine était déjà debout, ouvrait la fenêtre, rabattait les volets.

L'ouïe et la vue n'étaient plus qu'un seul et même sens : jusqu'à l'horizon où pointait l'aube rubis, la neige des prés et de la plaine en contrebas était en train de fondre, se déversait en eau chantante dans les rigoles et les rus, faisait sourdre les sources à fleur de terre. La symphonie liquide dura des jours et des nuits ; l'herbe poussait à mesure, émaillée par endroits de primevères, de jonquilles et de boutons d'or. Des sapins et des mélèzes s'écoulaient les dernières gouttes, comme autant de parapluies refermés après l'averse. Derrière la maison, il y avait un à-pic de roc d'où jaillissait un tremble. Un coucou y élut domicile. S'il se faisait entendre quand ça lui chantait, je ne le vis jamais. En fin d'après-midi, nous descendions par un sentier en pente raide vers la forêt des Trois-Épis, dense de sapins et de hêtres rouges. Solitaire dans une petite clairière tapissée de mousse, se dressait un orme géant qui ressemblait à un micocoulier de mon pays natal. Il était la patrie du peuple des oiseaux. Enlacés debout, nous ne faisions aucun bruit. Eux non plus. Et puis soudain un engoulevent jetait une note brève. C'était toujours un engoulevent qui donnait le signal, comme un chef d'orchestre. Une grive lui répondait de sa voix de flûte, puis un pinson, une fauvette qui avait dû quitter son buisson familier, d'autres oiseaux venus par nuées de toute la forêt. Le concert portait à des lieues à la ronde, tandis que le soleil se couchait rouge de plaisir dans l'arbre, de la cime aux basses branches, jusqu'à la mousse qui se teintait de mauve parme.

(Je vis un jour et j'entendis un orme tout pareil, ou peu s'en fallait. Les centaines d'oiseaux qui saluaient le coucher du soleil avaient les mêmes voix, les mêmes harmonies à l'unisson. Et peut-être étaient-ce les mêmes qui m'avaient bouleversé en Alsace. Ce fut en Écosse, à Fort View, dans le comté de Fife où je faisais un reportage pour France-Culture. J'avais une vingtaine d'années de plus et un passé en moins.)

Vint au monde notre premier enfant. Catherine envoya un faire-part à mon père. Il lui répondit aussitôt. Il était heureux d'être grand-père outre-Méditerranée, la félicitait et lui souhaitait un prompt rétablissement. Quant à moi, Driss, je ne faisais pas bon ménage avec les contingences terrestres. En d'autres termes, l'argent et moi étions deux ennemis jurés comme elle avait dû s'en apercevoir. Il proposait par conséquent de lui acheter une maison en France. Il lui annonçait en fin de lettre que sa belle-mère du Maroc était en train de confectionner des cornes de gazelle et des gâteaux au miel, de quoi lui assurer une généreuse montée de lait. Le colis n'allait pas tarder à arriver.

Elle pleura. Sans hésiter une seconde, elle déclina l'offre de la maison : elle m'avait épousé pour moi, non pour ma fortune. Je la serrai dans mes bras, mon cœur battait la chamade. J'étais fier d'elle, oh ! oui. Un mois plus tard...

Un mois plus tard, jour pour jour, par une fin d'après-midi d'octobre. Je suis assis sur une pierre, à flanc de coteau. J'observe le vol nonchalant de deux papillons. L'un d'eux se pose sur une fleur, replie ses ailes. L'autre hésite à l'y rejoindre. Une brise légère chantonne dans les arbres. L'air est vif, le soleil froid. Deux nuages folâtrent sur la ligne de l'horizon, menus, couleur de cuivre mêlé d'argent. Je les regarde. Mon âme est en paix. Je n'ai aucun pressentiment même lorsque je vois Catherine monter à pas lents le long du sentier. Elle a un pantalon rouge. Elle s'assoit sur l'herbe, en face de moi. Elle ne dit pas un mot. Ses yeux évitent les miens, mais je n'ai toujours pas de pressentiment. Ce n'est que lorsqu'elle prend ma main et la serre très fort que je remarque la pâleur inhabituelle de son visage, le friselis de ses lèvres. Je dis dans une sorte de bégaiement : « Qu'est-ce qu'il y a ? » Elle me tend un télégramme ouvert. Je le lis et ne comprends pas. Je le relis lentement et je m'écroule. Je m'écroule et tout s'écroule autour de moi, en moi. Mon père vient de mourir. Comme à travers une couche d'eau, j'entends une voix suppliante :

— Tu n'es pas seul... tu n'es pas seul... je t'aime... tu n'es pas seul... pas seul...

J'entends un sanglot discontinu, convulsif, tandis que je baise la terre et griffe la terre à m'arracher les ongles. Je ne comprends toujours pas : qui est mort ? et pourquoi ? Cet homme ne peut pas mourir. Il était... il est mes tenants et mes aboutissants. Il est tout mon passé, et le passé ne peut pas mourir...

5

Un matin, alors que j'étais en train de pétrir la pâte à pain au levain, Catherine déclara de but en blanc qu'il était grand temps de bouger. J'avais besoin d'aérer mes idées, de vider mon cerveau. Le climat marin me ferait le plus grand bien. Elle fit pivoter le globe terrestre sur son axe et opta pour l'île de Ré, au jugé. Et l'île de Ré se trouvait dans l'océan Atlantique qui baignait mon pays natal, n'est-ce pas? Nous nous y rendîmes par le chemin des écoliers, en passant par Paris où nous devions passer une nuit à l'hôtel *Majory* (l'hôtel de nos premiers émois), puis par Monte-Carlo qu'il fallait visiter un jour ou l'autre, puis par Bonnieux dans le Vaucluse, pour la simple raison qu'elle n'en avait jamais entendu parler. Elle avait envie de voyager.

Nous restâmes deux mois à Paris. *Les Boucs* venait de paraître en librairie, des journalistes désiraient m'interroger, la guerre d'Algérie faisait rage. Je n'ai pas à rappeler ici l'accueil élogieux que la presse réserva à cet ouvrage, en particulier les émissions de Pierre Dumayet, Max-Pol Fouchet, Luc Bérimont, Étienne Lalou. Qu'il me suffise de dire que j'avais visé juste : le racisme ambiant entachait la douce France ; et je constatais avec un mélange de stupéfaction et de plaisir que les critiques littéraires, au lieu de brandir des boucliers face à ce brûlot écrit noir sur blanc avec violence, en rendaient compte à l'envi, sans le cacher sous le boisseau. J'étais loin, très loin, des condamnations sans appel qu'avait suscitées *Le Passé simple* au Maroc.

Je me retrouvai un jour chez Carmen Tessier, la « commère » de *France-Soir*. Elle me présenta à Louis Dubois, préfet de Paris, à des patrons de presse dont je serrai la main, à un homme élégant qu'elle appelait François. J'étais un peu perdu. Catherine avait refusé de m'accompagner. Elle n'aimait pas le beau linge. Elle n'avait rien à se mettre d'ailleurs, pas même une robe de cocktail — et elle ne se voyait pas dedans. Tout le monde était debout devant une table oblongue chargée de petits fours et de canapés. Mais c'était le camembert qui était le plus prisé. On y taillait délicatement un morceau que l'on tartinait sur une tranche de pain de campagne. Le préfet me fit goûter un vin de pays qu'il avait apporté et que l'on avait transvasé dans une cruche — « Dégustez, mon cher. Vous m'en direz des nouvelles » —

tout en me demandant des nouvelles du Maroc où il allait bientôt se rendre en qualité d'ambassadeur de France. Il était très jovial, un brin farceur, n'avait nullement la tête d'un préfet, celle d'un ambassadeur encore moins. Carmen Tessier était pleine d'égards pour moi et je lui en savais gré. J'étais légèrement gris. Je finis par lui demander qui était ce François qui discourait en belles phrases sans discontinuer, un verre à mi-chemin de ses lèvres et le petit doigt en l'air. Était-ce l'un de mes confrères ?

— Il a écrit un ou deux livres. C'est un ministre. Vous devez sûrement le connaître.

— Non.

— Le beau François, voyons ! François Mitterrand.

Une dame m'aborda au marché, rue de Seine. « Je vous ai vu à la télé, jeune homme. Je vous félicite, jeune homme. Mon mari est kabyle. Tout ce qui est simple est beau. » La directrice d'une chaîne de radio me téléphona. Elle souhaitait me voir, faire ma connaissance. Nous nous rendîmes à son bureau, à pied, Catherine et moi. Nous boulottâmes tout un pain en cours de chemin, une bouchée pour chacun. Sur les quais de la Seine, des pigeons nous suivirent à la trace. La directrice était une jeune femme de mon âge, petite, avec des yeux vifs. Elle envisageait de produire une dramatique de quarante-cinq minutes sur Mahomet, avec trois ou quatre personnages interprétés par des comédiens, dont Jean Topart dans le rôle-titre. J'étais grandement intéressé par le sujet. Elle me proposa une convention financière : une prime d'inédit, à laquelle s'ajouteraient les droits d'antenne après la diffusion. J'étais de plus en plus intéressé. Elle me cita un montant : 50 francs la minute. (Je traduis en francs actuels. J'aurais le plus grand mal à m'exprimer en euros.) Je me mis à calculer mentalement : 50×45, cela ferait combien, diable de diable? Elle crut que l'offre qu'elle venait de me faire ne me convenait pas, la hissa de plusieurs échelons du barème : 75 francs la minute. Mon front se plissa, ma figure dut prendre un air ahuri : la multiplication devenait ardue, très ardue. Elle dit : « 100 francs la minute » et je répondis : « D'accord! » parce que le résultat ne demandait plus d'effort : $100 \times 45 = 4\,500$ francs, C.Q.F.D. Tant que ça? Je répétai : « D'accord, madame. » Et c'est ainsi que j'entrai à la radio (la R.T.F.) avec un tarif gré à gré.

J'y travaillai pendant trente ans, jusqu'à la retraite. Au fil du temps, la R.T.F. devint l'O.R.T.F.; puis l'O.R.T.F. se scinda en plusieurs sociétés, au moment où Arthur Conte acquérait une grande importance et risquait de faire de l'ombre. Je restai fidèle à la chaîne France Culture (ex-Nationale) que dirigeait alors Henry Barraut, un homme de culture et de droiture qui m'initia à l'œuvre d'Hector Berlioz, « le seul représentant authentique du romantisme musical français », disait-il. Au cours de ma carrière, je connus nombre de changements de direction et d'organigramme, des plus judicieux aux plus farfelus, en passant par les abscons dus aux cogitations de quelques parachutés du pouvoir. Je connus des centaines d'acteurs avec lesquels je me liai d'amitié, pour la plupart d'entre eux. Georges Godebert fut mon premier réalisateur et je fis équipe avec lui pour maints feuilletons et dramatiques. Mais c'est auprès des techniciens et des ingénieurs du son que j'appris sur le tas un langage nouveau : l'art radiophonique. Je n'oublierai pas de sitôt Yann Parentoën, Claude Macé, Myron Merson... Mais je m'aperçois que j'anticipe. Je reviendrai plus en détail, le moment venu, sur cette magnifique tranche de ma vie.

À Bonnieux je ne vis pratiquement pas d'autochtones. Venus de la cité déshumanisante (Paris) et en rupture de leur milieu bien-pensant, des soixante-huitards avant la lettre s'y régénéraient depuis quelques mois. Ils campaient dans de vieilles maisons du village, mettaient à nu les murs et les arceaux des caves voûtées à coups de burin et de tournevis, à la recherche de la pierre originelle. Ils déterraient des morceaux de bois et des bouts de tôle qui eussent inspiré un César à venir, en arrachaient des clous rouillés à tête triangulaire qu'ils se passaient de main en main en les commentant à plusieurs voix. Tous artistes jusqu'au bout des ongles, ils employaient un langage ésotérique, même en matière d'aliments qu'ils cataloguaient « yin » et « yang ». Une quinzaine de mâles dans la force de l'âge, barbus pour la plupart ; deux femmes pour s'occuper d'eux. Les feux de bois déclenchaient leur joie et leur sens de l'humour. « Bonnieux de Bonnieux ! chantaient-ils à l'unisson. Lubérons-nous. » Je reconnus un soir parmi eux Jean-Paul Clébert, dont j'avais fait la connaissance chez Denoël lors de la parution de son livre, *Paris insolite.* Il habitait un peu plus loin en rase campagne, dans une maison gauloise qui avait la forme d'un igloo en pierres brutes.

À Monte-Carlo, les palmiers étaient trop léchés, civilisés ; le soleil comme peint dans le ciel, peint lui aussi. Une machine à sous déversa le jackpot à mes pieds. Je me mis en tête de tout rejouer et je perdis sans discontinuer. Mais nous pûmes reprendre le train : Catherine avait distrait quelques pièces à mon insu. Nous ne restâmes pas longtemps à l'île de Ré, plate comme une galette dans un océan aussi plat que de l'huile à friture. Nous louâmes quelques meublés, à Saint-Martin près du pénitencier, puis à La Flotte, à Ars, aux Portes-en-Ré où nous finîmes par découvrir un peintre du dimanche prénommé Joe qui exécutait des couchers de soleil en série, à l'usage des touristes. Mais il n'y avait pas de touristes. Sa femme peignait, elle aussi : la même tête de madone, en un quart d'heure d'horloge. Elle avait un nom d'artiste, Rhéa. Nous prîmes nos jambes à notre cou, sautâmes dans un vieux car à La Palice, en route pour Fromentine et l'île d'Yeu. L'on me dit que Ré a bien changé depuis lors : des feux rouges, des dancings, des hommes politiques, des écrivains et des chanteurs de grand renom, dont Johnny Hallyday. Raison de plus pour que je n'y retourne pas.

C'est à Port-Joinville que j'appris par les journaux que quelques membres téméraires de l'académie Goncourt citaient *Les Boucs* pour leur prix littéraire. Je repassai mon meilleur costume, cirai mes chaussures et ne dormis pas cette nuit-là. Mon nom disparut du jour au lendemain. J'avais fait un rêve fou : en publiant ce livre, j'étais sûr que la guerre d'Algérie allait s'arrêter, rien que par ce livre-là. Le général de Gaulle l'avait lu (il ne devait revenir au pouvoir que deux ans plus tard) et m'avait écrit en termes d'autant plus émouvants qu'ils étaient mesurés. Même si j'avais gardé sa lettre, je ne l'aurais pas publiée ici, ni ici ni ailleurs.

Je l'envoyai en recommandé à ma belle-mère. Elle ne jurait que par de Gaulle.

Étais-je devenu quelqu'un ? Les éditeurs m'envoyaient leurs nouveautés. J'en rendais compte à l'occasion, dans *Les Dernières Nouvelles d'Alsace* où l'ami Jean Teichmann m'avait déniché une petite place, dans le mensuel allemand *Dokumente,* dans la revue *Confluents* (Rabat), voire dans *Atlantic Monthly* d'outre-Altantique. Certains livres m'emballèrent littéralement, comme *Le Colleur d'affiches* de Michel del Castillo auquel je consacrai une double page. (Il me remercia chaudement, m'affirma qu'il me donnerait n'importe quoi. N'importe quoi ? Je lui répondis : un chèque avec quatre zéros. Il crut que je ne plaisantais pas et coupa court à une amitié naissante.) René Barjavel aurait dû recevoir le prix Nobel. C'est l'un de mes auteurs favoris.

La production littéraire de François Nourissier restait aussi grise que *L'Eau grise* de ses débuts — et quel chemin parcouru depuis lors, bordé de thuriféraires ! L'ouvrage que l'on encensait à qui mieux mieux à l'époque avait pour titre *Bonjour tristesse.* Catherine l'ouvrit et le jeta à la poubelle. Pourtant, j'avais dansé un soir avec Françoise Sagan, chez René Julliard, un ami de Mohammed V. Si *Le Fils de l'homme* de François Mauriac ne reflétait ni n'inspirait la foi, Graham Greene me conquit d'emblée par son style et son habileté à traquer cette même foi dans la conscience de ses lecteurs. Je publiai un article dans ce sens. J'étais surtout stupéfait devant cette échelle des valeurs dressée à l'envers et régie par le droit commun. Parmi les auteurs français que je découvrais, il y en avait de très grands qui auraient dû être propulsés au firmament depuis longtemps, au lieu de vivoter dans un succès d'estime. Louis Calaferte par exemple. J'étais un solitaire plein de doute. Le monde des lettres préfigurait-il déjà *Le Monde des livres*? Un Émile Henriot ou un Pierre-Henri Simon avait une tout autre plume, désaccordée avec les tendances de l'époque.

On m'écrivait pour me demander conseil. Des débutants m'adressaient leurs manuscrits. J'en prenais parfois connaissance avant de les envoyer à Denoël. Ma tête était-elle en train d'enfler? Je me regardais dans la glace. Les mois avaient passé, occultaient peu à peu le séisme vécu à Labaroche. L'île d'Yeu m'aidait à me reconstruire. Mais, quelque part en moi, subsistait l'exil — l'exil par rapport à moi-même. Je me jetais avec passion dans l'écriture. Quand soufflait le vent, j'étais sur la lande, en plein vent. Par beau temps, j'allais pêcher au bec des Vieilles, un éperon de basalte au ras des flots. Toutes les portes des Islais nous étaient ouvertes, non parce que j'étais écrivain ou avais quelque argent, mais parce que l'hospitalité était sacrée chez eux et qu'ils sentaient que j'aimais leur patrie. Certains d'entre eux, je les ai connus enfants, pour les retrouver hommes faits au cours de mon existence. Et s'il y a une chose qui me meut et m'émeut, c'est bien la trajectoire d'un destin.

Daniel Bordigoni n'était pas content. Il m'écrivait régulièrement pour m'engueuler. Selon lui, je dormais sur mes lauriers, menais une vie de luxe, évitais de m'engager dans les combats du siècle et le combat des idées. Je croupissais dans mon trou de bonheur — « Vous vous regardez mutuellement dans un miroir qui vous renvoie l'image que toi et Catherine en attendiez » (*sic*) — mes idées étaient en train de vieillir. Il était à Paris, interne dans une clinique psychiatrique, rue de Charonne. Un logement dans la capitale n'était pas difficile à trouver. Il nous aiderait pour le mobilier et les appareils ménagers — « Arrête de faire l'autruche. La débilité, ça se soigne ! » Mon réalisateur Georges Godebert me réclamait à cor et à cri. Je ne pouvais pas continuer de la sorte à lui expédier mes textes par la poste. Ma présence était indispensable au studio pour le choix des comédiens, le générique, le thème des enchaînements des séquences, les changements « au volet », d'autant plus qu'il s'agissait de la série *Résonances spirituelles* qu'on ne pouvait pas réaliser comme une dramatique ou un feuilleton. Godebert était très perfectionniste, de l'essai de voix aux mixages et aux montages. Je l'avais vu et entendu travailler. Il avait réservé des tranches de studio et il était à la bourre. Avant d'en discuter avec Catherine, je savais que j'allais me rendre à Paris sans plus tarder. La radio était devenue ma passion. Rédiger un livre était une entreprise solitaire, face à une feuille blanche. Enregistrer une émission exigeait un travail d'équipe, me forcerait malgré moi à sortir de ma coquille. La décision que je pris changea le cours de ma vie.

Daniel Bordigoni m'avait déniché un appartement dans une H.L.M., à Aubervilliers. « Vous, ta gueule! Ce n'est pas le bout du monde. Il y a le bus et le métro. » Il m'accueillit dans son logement de fonction, jusqu'à l'arrivée de Catherine et de nos enfants.

La radio avait ses lois : la parole, le bruitage, la musique et le silence — en osmose et symbiose. Et il y avait la respiration entre certaines phrases, voire entre deux mots mais pas n'importe lesquels, la couleur de l'ambiance jour ou nuit, le rythme du phrasé et le mouvement du texte. Il fallait éviter les temps morts, les redites, les tirades surtout, ces longs tunnels où le comédien s'engageait pour en faire des morceaux de bravoure et s'écoutait parler comme s'il était seul sur scène. Il n'y avait pas de scène, pas de public, pas d'applaudissements. Juste un micro devant lequel se trouvait l'acteur ou l'actrice pour traduire les émotions et les résonances de ces émotions, uniquement par la voix. Souvent, nous ne voyions que le dos de l'interprète qui ne pouvait rien voir de nos réactions dans la cabine. Le réalisateur m'interrogeait du regard, appuyait sur un bouton de la console, disait : « C'est bien, mes enfants. Autant pour nous. On va reprendre cette scène. » Dix fois, vingt fois, on remettait l'ouvrage sur le métier, on usait de diplomatie pour ménager les susceptibilités. Et les susceptibilités étaient grandes, multiformes, d'ordre professionnel et privé.

L'assistante de production nous était d'un grand secours. Argus ambulant, pipelette, elle connaissait la vie et le parcours professionnel de tout un chacun. C'était elle qui convoquait les comédiens en connaissance de cause. Un tel ne devait pas être dans la même distribution qu'une telle, parce qu'elle avait été sa petite amie et l'avait lâché (ou l'inverse), ou parce que celui-là avait soufflé la vedette à celui-ci. Mais ils s'aimaient tous dès qu'ils se retrouvaient au studio, s'embrassaient le plus civilement du monde, se congratulaient mutuellement pour leurs succès. Le plus dur était d'écrire et de mesurer avec circonspection les lignes qu'ils avaient à interpréter. Plus dur encore de les inciter à lire toute la brochure, et non les répliques qu'ils se mettaient en bouche — et elles seules. C'est pourquoi le réalisateur, l'ingénieur du son et moi, nous instituâmes des répétitions générales avant l'enregistrement et ne commencions le travail proprement dit que deux ou trois jours plus tard, le temps qu'ils se pénètrent du texte en entier et considèrent qu'il ne s'agissait pas uniquement de monologues croisés. Une fois à l'œuvre, ils étaient parfaits, et nous évitions la plupart de ces reprises qui mettaient à cran les techniciens.

Il y eut des aléas : par exemple le jour où Guy Pierrault lâcha une remarque hors micro que Med Hondo jugea raciste. Ils en vinrent aux mains. Je sortis Guy Pierrault et le remplaçai par un autre interprète séance tenante. Med Hondo le dépassait d'une tête et il avait le sang chaud. Il y eut Alain Cuny et ses desiderata que nous satisfîmes pour le mettre à l'aise, même les plus saugrenus : je ne devais pas fumer dans la cabine ou le studio — à la rigueur dans le couloir. Madeleine Sola, preneur de son, me dit en aparté qu'elle le suivrait au bout du monde, tant sa personnalité était grande. Je n'étais pas d'accord avec elle. Il s'obstinait à interpréter son rôle en « père noble », alors que le père en question présentait certaines ambiguïtés de comportement. C'était dans *Succession ouverte,* que j'avais adapté en une longue dramatique à la demande de Henry Barraud et que réalisait le regretté José Pivin. Pivin était partagé entre l'acteur et l'auteur. Cela dura presque une matinée. Alain Cuny voyait le personnage selon son point de vue, qui n'était pas le sien. Il me fit valoir qu'il avait joué du Claudel et je lui répondis que je n'avais jamais lu cet auteur dont j'entendais le nom pour la première fois. Je suais sang et eau, lui aussi. À un certain moment, il se coucha de tout son long dans le studio, sur le dos, ferma les yeux. Il finit par se relever pour me dire : « Je vais vous le jouer à contre-emploi, ce bon Dieu de père. » Ce fut une réussite.

Il y eut un impair qui tourna au quiproquo. Marie-Andrée Armynot, l'assistante de réalisation, décida un jour de se payer ma tête. Elle se garda bien de me signaler que Roger Blin avait une petite particularité d'élocution : tant qu'il était sur scène, il était parfait ; hors de scène, il se mettait à bégayer. Et je venais de lui confier un rôle de bègue.

Deux messieurs en bleu de travail vinrent un jour chercher un piano Pleyel au studio 112. Des techniciens les aidèrent à le charger sur leur camionnette. Ils s'en furent sans demander leur reste : personne ne les connaissait. Un bureau du sixième étage fut squatté pendant des mois par un monsieur très digne pour y faire son courrier et se servir du téléphone. Il ne faisait pas partie du personnel, à aucun titre. Mais il avait une secrétaire, dans la pièce voisine. José Pivin avait conçu et réalisé une émission sur le diable. Elle se perdit. Ces joyeusetés pimentaient agréablement nos productions, nous cimentaient en quelque sorte par le rire. Un technicien astucieux avait ramassé des chutes après les interviews de personnalités bien en cour : des « merde! » involontaires qui leur avaient échappé lors de leurs prestations. Il y en avait de toutes sortes : des grasses, des comminatoires, des colériques, des « merde » amusés... Et, presque toujours, un jeune premier ou un quinquagénaire à tempes grises faisait le beau auprès des jeunes actrices, débutantes de préférence, les poursuivant de leurs assiduités entre deux séances d'enregistrement. « C'est d'accord, lança un jour l'une d'elles à voix haute. Mais que ce soit tout de suite! Il y a un hôtel tout près d'ici. On y va, amour? » Ils revinrent dix minutes plus tard. Le soupirant avait la tête basse et la queue entre les jambes.

Le jeu tout en nuances de Michel Bouquet pouvait matérialiser *de visu* ce que seule l'oreille entendait; Jean Topart faisait chanter les inflexions de sa voix; celle d'Annie Sinigalia était un rire communicatif; Jean-Roger Caussimon puisait la sienne à la source du poème; Charles Vanel était littéralement le vieil homme et la mer; et Pierre Vaneck, Bernadette Lafont, Pierre Trabaud... Oh! oui, j'avais plaisir à travailler avec eux. J'étais à leur écoute. Des années plus tard, une résonance se répercuta dans *La Mère du printemps* : « Maintenant encore, Yerma croit à la magie de la voix humaine. Elle peut tout faire : assombrir le ciel ou faire manger un daim dans le creux de la main.

Tout dépend des sons qui montent du cœur aux lèvres. »

On voudrait que rien ne ternisse, que rien ne meure! Certaines de ces chères voix se sont tues. Demeure en moi le souvenir, vivace. Une voix envoûtait la France entière sur les ondes de France Inter : celle de Stéphane Pizella. Je fis un jour sa connaissance dans un petit café-restaurant, *Chez Marcelle*. Il buvait du gin au comptoir. Je le vis et je fus sidéré : sa tête était à contre-emploi. On devrait garder les yeux clos — juste écouter.

Pour la série « Théâtre noir », qui se proposait de faire entendre les bouleversements de l'Afrique aux auditeurs de France Culture, je fis appel à des comédiens africains et antillais : Darling Légitimus et sa tribu, Bachir Touré, Med Hondo, James Campbell, Douta Sek, Amidou... J'étais le Blanc de l'équipe. Ils m'appelaient « le blanc sec ». Douta Sek avait une prédilection pour le bourgogne, même par écrit. Dans « Les Habitants du marécage », une nouvelle de Wole Soyinka que j'avais adaptée en dramatique, la réplique était : « Je bus un verre de bordeaux. » Douta Sek disait immanquablement : « Je bus un verre de bourgogne. » L'heure tournait, les techniciens riaient et s'énervaient. J'eus une inspiration subite. Je pris la brochure du comédien, barrai le mot litigieux et le remplaçai par : bourgogne. Le plus tranquillement du monde, Douta déclama de sa voix de basse profonde : « Je bus un verre de bordeaux. » Nous gardâmes l'enregistrement tel quel, avec l'hilarité générale en arrière-plan sonore. Darling Légitimus était l'âme de l'équipe, une âme chantante, dansante, éclatante de vie. Impossible de l'arrêter, impossible de lui faire comprendre que la nuit tombait, que la porte du studio devait être fermée depuis longtemps. Elle avait le temps. Tous les comédiens étaient de son avis : qu'est-ce que le temps ? À les écouter, il fallait reprendre telle ou telle scène, voire l'émission en entier, non qu'ils fussent mécontents de leur interprétation déjà mise en boîte avec l'étiquette « Prêt à diffuser », mais tout simplement pour le plaisir. Et, lorsque plus tard nous faisions une halte *Chez Marcelle*, Douta Sek lançait de sa voix de fonte : « Donnez-moi donc une bière ! »

Les bruiteurs Joe Noël et Louis Matabon avaient des consignes strictes : opérer selon leur plan de travail et éviter les conciliabules avec les comédiens du « Théâtre noir ». Mais c'était trop demander aux uns et aux autres. À la moindre occasion, un charivari se déclenchait dans toute sa plénitude ludique. Joe Noël imitait à la perfection les vaches et les flics, de Gaulle et Léopold Sedar Senghor ; Louis Matabon les chefs d'État africains haranguant leur peuple au nom de la démocratie de la négritude. Entraient en action Bachir Touré mué soudain en griot endiablé et les Légitimus qui faisaient la claque des béni-oui-oui, les contradicteurs tendance Bandoeng, Patrice Lumumba et Mehdi Ben Barka, le train qui ahanait de Dakar à Bamako, la vie nocturne de la forêt vierge. Mireille, qui animait « Le Petit Conservatoire de la chanson » dans le studio voisin, encadrait sa petite taille dans le chambranle de la porte de la cabine et nous invectivait d'une voix fluette : « Qu'est-ce que c'est, ce grabuge ? Cessez, cessez pour l'amour du ciel ! » Le jour où Henri Salvador vint nous rendre visite, ce fut le délire.

Sur le plan professionnel, Joe Noël et Louis Matabon étaient de véritables génies — par exemple dans « Au bas de la seconde avenue », la quatorzième dramatique de la série. L'histoire se passait en Afrique du Sud, dans un township, du temps de Verwoerd et de l'apartheid. Voici la scène : un Noir rentre chez lui à la fin de la journée ; il est vieux, fatigué ; il habite au cinquième étage d'un immeuble ; cette montée va durer trois minutes vingt secondes, sans aucun texte écrit, pas une seule réplique : uniquement le pas de cet homme, la « couleur » changeante de son pas d'étage en étage, et ce qui se passe en lui, sa solitude poignante. Tout est suggéré : l'immeuble délabré, l'escalier prêt à rendre l'âme, la misère et la vie des locataires, de palier en palier : disputes, pleurs d'enfants, remue-ménage de casseroles, eau gouttant d'un robinet mal fermé, aboiements d'un chien tirant sur sa chaîne — et toute cette multiple ambiance exprimée uniquement par le bruitage — tandis que, venu de très loin, le thème *Ascenseur pour l'échafaud* de Miles Davis monte, monte, monte pour emplir tout le champ sonore au moment où le vieil homme parvient au cinquième étage et ouvre la porte de sa chambre. L'ambassade de la République sud-africaine à Paris adressa une protestation véhémente à France Culture. Le directeur des programmes me couvrit, faisant valoir qu'il s'agissait d'une œuvre de fiction, culturelle en quelque sorte. Le roman que j'avais adapté pour la radio était d'Ezekiel Mpalele, qui croupissait dans une geôle de l'apartheid pour appartenance à l'African National Congress.

6

Vint le temps du doute.

Je me levais tôt, déposais un baiser sur les lèvres de Catherine encore endormie, conduisais les enfants à l'école, marchais le long de la rue des Cités jusqu'à la porte de la Villette, prenais un taxi pour être à l'heure au studio et rentrais à la nuit tombée. Était-ce hier? Est-ce aujourd'hui?... Je me lève aux aurores, embrasse Catherine tout ensommeillée encore, conduis les enfants à l'école en plaisantant avec eux en cours de chemin et saute dans un taxi... C'était peut-être hier, voici à peine trente ans. J'étais si heureux de rentrer. Et c'était aussitôt le doute. Je racontais ma journée à Catherine. Écoutait-elle? Elle passait d'une pièce à l'autre, tirait un rideau, tapotait un coussin, dressait la table. Ses gestes étaient vifs. « Oui, je t'écoute. Qu'est-ce que tu disais? » Puis elle éclatait de rire, parlait de tout et de rien.

— Qu'est-ce qui ne va pas, Cath?

— Ce n'est rien, ça va passer.

— Tu veux que j'abandonne la radio ?

— Tu es bête. Bête à manger du foin.

Son sourire était lumineux, ses yeux pleins de franchise et d'honneur. Ma maison était bâtie sur le roc. J'engageai une femme de ménage, fis l'emplette d'un téléviseur. Une femme comme Catherine ne s'inventait pas. Je lui offris des robes. Les semaines s'étirèrent en mois. Les nuages s'estompèrent, disparurent.

Nous recevions parfois des amis à dîner, des confrères comme Fritz Peters qui débarquait des États-Unis pour assister à l'enregistrement de la dramatique tirée de son roman *Le Monde à côté*; Yvonne Ribière, de la direction de France Culture; Georges Godebert et sa femme; Marie-Andrée Armynot l'assistante de production; Jacques Baratier qui songeait à faire un film avec moi mais lequel?; un certain Tom Michaelis de la C.I.A. qui voulait m'emmener en Suisse pour discuter avec Mehdi Ben Barka; un clochard dont Catherine avait fait la connaissance place Maubert; un repasseur de pantalons du nom de Caserta avec lequel j'avais conçu un scénario de potache pour mettre à l'épreuve Hervé Bazin : Caserta était censé ne pas connaître un mot de français et se proposait d'éditer les livres du maître dans les pays du Maghreb et au Moyen-Orient. Il avait même fabriqué un vrai-faux contrat qui dépassait de sa poche. Je servais d'interprète. Il s'ensuivait un curieux dialogue, ma foi! disons un dialogue de sourds entre deux cultures. Le maître était très honoré, faisait des ronds de jambe. Je traduisais ses paroles en un arabe coprolalique, Caserta répondait de même dans son langage de voyou de la médina que je rapportais à Bazin en un français académique fleuri de quelques imparfaits du subjonctif. Il était enchanté. Catherine me donnait des coups de pied sous la table et fixait ses ongles du regard afin de garder son sérieux. Nous nous régalâmes toute la soirée.

Il y avait aussi des journalistes — était-ce moi qui les avais invités? Lucien Bodard s'enivra pour de bon et fit une cour ouverte à Catherine, jusque dans les toilettes. Oumar Deme, grand reporter sénégalais, me dit à la fin du dîner : « Bon. Ce n'est pas tout. Puis-je voir monsieur votre père? » Il était venu pour interviewer l'auteur des *Boucs*. La main sur le cœur, je lui fis remarquer que l'auteur en question n'était autre que moi. Il s'en fut dans la nuit en me traitant de farceur. Celui qui avait écrit cet ouvrage ne pouvait être qu'un homme d'un certain âge, posé, sérieux — et non le ouistiti qui avait raconté des histoires salaces pour alimenter la conversation. Il y eut cette soirée mémorable à laquelle j'avais convié une grande journaliste qui faisait la pluie et le beau temps dans le microcosme littéraire — non, je ne dirai pas son nom. Elle complimenta Catherine pour l'excellence des plats. « Oh ! des truites fumées ! J'adore. » Catherine dit sans aucune diplomatie : « Ce sont des bouffis, des harengs séchés si vous préférez. » Et l'amabilité de la dame disparut comme par enchantement. Personne ne fit allusion aux pommes de terre en robe des champs qui étaient restées solitaires sur l'assiette. La journaliste ramassa son sac à main et prit congé. Elle ne me donna plus signe de vie. Les boîtes de crabe que Claude Mahias apporta un soir pour le dîner se révélèrent prémonitoires : les tourteaux achetés au marché étaient creux, presque vides. Les éclats de leurs coquilles jonchaient la table, fleurant bon le thym et la lavande. *It was a nice time very happy,* comme dirait dans son anglais approximatif l'inspecteur Ali, dans les années à venir.

Oui, c'était le bon temps. Vint progressivement la saison du désarroi.

Dans le parc solitaire et glacé
Deux ombres ont tout à l'heure passé...

Récurrent, le colloque sentimental de Paul Verlaine surgissait en ma mémoire. Je me surprenais parfois en train de le réciter à mi-voix au petit matin, après une nuit peuplée de rêves ludiques. J'essayais de le chasser de mon esprit. J'essayais de me raisonner : ce n'était qu'un poème que j'avais appris par cœur autrefois, il n'avait rien de prémonitoire. Je secouais mon imagination pour la remettre à l'endroit, rattrapais et essartais mes idées galopantes.

Dans le parc solitaire et glacé
Deux ombres ont tout à l'heure passé...
... Et la nuit seule entendit leurs paroles.

Obsessionnel, le poème était encore là. Je lui substituais toutes sortes de dérivatifs, le scénario d'un roman policier, un autre poème, une recette de cuisine, des situations cocasses au niveau du langage, du genre : le coq chante pour saluer le lever du soleil ; il fait « cocorico » en France, « corococco » au Portugal, « kerikiki » en Allemagne, « kiki'ou » au Maroc, « chirichichi » en Italie. À quelques changements de voyelle près, c'est le même cri. Il n'y a qu'en Angleterre qu'il lance « cock-a-doodle-do ! ». C'est une question de traduction, bien que ce soit le même volatile, de la famille des gallinacés. Son cerveau s'est peut-être embrumé au pays de Shakespeare. Il ne fallait pas que le mien s'embrume aussi et déforme les faits.

Les petits faits sans importance de prime abord se révélaient têtus par la suite. Ils s'ajoutaient les uns aux autres au fil des jours. Je pouvais les classer et je le fis. Sériés ainsi, je pouvais les comprendre et je refusais de comprendre. Les mots que j'en tirais n'étaient que des mots...

Leurs yeux sont morts et leurs lèvres sont molles
Et l'on entend à peine leurs paroles...

C'était le silence qui accueillait le plus souvent mes questions, un silence blanc, distant. Et, à chaque fois, je regrettais de les avoir posées, m'excusais. C'était indigne de moi, blessant pour elle. Ses yeux étaient absents, comme tournés vers l'intérieur dans la contemplation d'un jardin secret. Quand elle répondait, c'était hors de propos, en souriant, un flot de paroles bénignes et familières, passant d'un sujet à un autre sans transition aucune, les enfants et leur scolarité, la femme de ménage, l'argent du ménage, les commerçants du quartier, son rendez-vous chez le coiffeur...

— J'allais oublier. Tu vas demain au studio ?

— Oui. Bien obligé. Je suis devenu indispensable en quelque sorte.

Ses yeux s'animaient soudain. Elle secouait la tête de droite à gauche en un geste juvénile et tout un pan de sa chevelure voltigeait d'une tempe à l'autre. Le disque qu'elle mettait sur le plateau de la platine, du Mozart ou du Bach, pouvait apaiser les âmes. Pour l'écouter, elle venait s'installer sur mes genoux, paupières closes. Parfois elle pleurait.

— Nous n'aurions pas dû quitter l'île d'Yeu, me dit-elle un soir d'une toute petite voix.

C'était l'évidence. Voilà ce qui la minait. Je fis un

tour d'horizon et un retour sur soi-même. J'avais paré au plus pressé, signé sans trop réfléchir le bail pour cet appartement H.L.M. situé à mi-hauteur d'une tour. Je l'avais meublé et décoré de mon mieux, persuadé que notre couple pouvait perdurer n'importe où. Les fenêtres de la façade avaient vue sur une autre tour. Derrière, c'était une espèce de décharge où une grue passait sa sainte journée à trier des carcasses de voitures et des monceaux de ferrailles. Les commerces étaient tout proches, l'école primaire aussi. Au bout de la rue des Cités, il y avait un arrêt de bus. Après Labaroche et l'île d'Yeu, c'était un panorama sans ciel, sans échappée et sans rêves. J'avais oublié l'axiome d'un philosophe arabe du XIᵉ siècle : « L'eau prend la couleur du vase qui la contient. » Je dis à Catherine :

— Tu veux qu'on retourne vivre à l'île d'Yeu ou chez toi au pied du mont Hohnack?

— Non, répondit-elle. Nous n'aurions pas dû échouer ici.

Je m'interrogeai profondément. Depuis notre rencontre un soir proche et lointain à la fois dans un hôtel du boulevard Saint-Marcel, elle n'avait cessé d'être ma raison première d'exister et d'aimer la vie, mon centre d'intérêt avant toute chose. Mais l'était-elle encore, en vérité? J'étais si passionné par mon travail qui m'ouvrait aux autres. Plus loin dans l'espace et le temps, n'avais-je pas reproduit sans en avoir conscience l'héréditaire schéma arabe du couple? L'homme libre dehors avec le privilège du pouvoir économique et du pater familias, la femme à la maison, épouse, mère de famille et ménagère accomplie. Mon père n'avait-il pas agi ainsi en toute sérénité?

— Je suis prêt à abandonner la radio du jour au lendemain. Tu veux?

— Je ne t'en demande pas tant.

Je pris le taureau par les cornes, fis jouer toutes les relations et trouvai un autre logement à Fontenay-le-Fleury, dans le département des Yvelines. On pouvait voir le ciel de toutes les fenêtres, des arbres, l'herbe vivante des pelouses. La sève remonta en elle, l'entrain la rendit de nouveau irrésistible comme jadis — et le temps remonta le temps, rajeunit. L'espace d'un regain très bref. Par un après-midi de printemps, elle me dit la vérité, une vérité nue dans toute sa nudité concrète. Elle ne m'épargna aucun détail — et les détails étaient précis, impitoyables. Dehors, il pleuvait à verse. Peu importaient mes sentiments : ils étaient tétanisés. Je lui laissai le choix. Les heures s'écoulèrent. Elle finit par me dire :

— Je reste.

— Pour nos enfants?

— Oui.

Elle ajouta :

— Tu m'as toujours mise sur un piédestal. Je ne suis pas une statue.

Le lendemain soir j'étais à Göteborg, en Suède, en compagnie d'une jeune femme rencontrée quelques heures plus tôt au Quartier latin. Elle ne connaissait pas un mot de français. Je baragouinais un peu d'anglais. Trois jours sans paroles et sans musique. De retour en France, je téléphonai à une actrice que j'avais employée dans l'une de mes dramatiques et je partis avec elle pour l'île du Levant. Ce furent ensuite des femmes que je connaissais plus ou moins, que je trouvais désirables et qui me faisaient comprendre que j'étais leur « type ». Trois jours, pas davantage. Je ne ressentais rien, pas même la joie du plaisir. Je détestais le mot « chéri », le verbe aimer dans toutes ses conjugaisons. « Chéri, je crois que je t'aime. » Et je répondais : « Dis plutôt que tu as bien joui. »

Un monceau de lettres m'attendait sur mon bureau, avec un galet de l'île d'Yeu par-dessus. Abdellatif Lâabi venait de prendre la défense du *Passé simple* dans sa revue *Souffles*. Des bulletins à remplir à la société des auteurs. Quelques chèques et relevés de banque. Factures diverses. Des bulletins scolaires à signer. Des invitations, dont l'une émanant d'André Malraux. Un compatriote du nom de Tahar Ben Jelloun m'envoyait un poème et deux articles de presse. Parfois je répondais. J'avais la tête ailleurs. Je consacrai au pied levé une émission spéciale à l'ami Mouloud Feraoun assassiné par l'O.A.S. Elle me valut des ennuis. Mais France

Culture avait beaucoup d'audace. J'adaptai *Le Fils du pauvre* et l'intégrai dans la série « Théâtre noir ».

Séquences hachurées dans ma mémoire. *O cangaceiro* était au programme dans un cinéma de quartier. J'avais envie de le revoir. Nicole à mes côtés. Elle se mit à rire — et toute la salle avec elle — au moment le plus romantique du film. Je sortis, la rage au cœur. Une autre Nicole dans un restaurant du XVe arrondissement. Dîner aux chandelles, ris de veau à l'échalote et au champagne, saint-émilion. « Je suis heureuse, tu ne peux pas savoir. » Je renversai mon assiette et lui laissai l'addition. Heureuse !... Fabienne, boulevard Saint-Michel. « Ou c'est moi ou c'est la cigarette. » Ce fut la cigarette qui l'emporta. Je virai sur mes talons, me retournai cent mètres plus loin. Elle était encore là, plantée sur le trottoir, bouche bée. Georgette dont le mari avait un magasin de confection rue du Sentier. Elle me voyait en blouson et jean délavé, ça la « faisait bander ». La fille d'un sous-préfet dont j'étais le premier Marocain dans le tableau de chasse, le premier écrivain aussi. Je connus même une psychiatre, fort jolie au demeurant, et je faillis perdre mon identité, sinon la raison. Je me ressaisis à temps. Qu'avais-je besoin de cette fuite en avant ? Qu'avais-je besoin de tourner en rond autour de mon nombril, alors que Hassan II mettait mon pays en coupe réglée et que Mai 1968 se profilait à l'horizon ? Pour sortir de moi-même, j'écrivis *Un ami viendra vous voir* dans la fièvre et envoyai le manuscrit à mon éditeur. À la trappe! Au chapitre suivant! En Algérie, la guerre d'indépendance était terminée depuis cinq ou six ans — et commençait une autre guerre déjà, civile. Les Palestiniens s'entassaient dans les camps de réfugiés, devenaient de plus en plus des étrangers dans leur propre pays.

Les visites que nous rendait Daniel Bordigoni étaient toujours à l'improviste. Catherine ne les voyait pas d'un bon œil, les qualifiait d'intrusions dans notre couple. Il ne disait pas grand-chose, des « arrêts sur parole » très espacés les uns des autres : comment ça va ?... bien-bien... effectivement... et à part ça ?... Il ne retrouvait l'usage de son discours que pour me titiller dans ma vie professionnelle. Il n'avait pas aimé mon dernier roman, tout juste bon pour les midinettes ; mes émissions étaient du simple travail alimentaire, des fictions qui masquaient la réalité ; je pouvais faire mieux mais je choisissais la voie de la facilité... D'habitude, je l'écoutais parler sans rien dire. Je finis un jour par le prendre au mot : qu'entendait-il par les deux fonctions essentielles de la radio, expression et communication, selon ses propres termes ? Je m'installai chez lui, dans sa clinique rue de Charonne. Pendant une semaine, je recueillis auprès de lui des éléments qui n'entraient pas dans la ligne de mes références à moi. Ils donnèrent naissance à la série *L'Usage de la parole,* d'essence psychanalytique : la maladie de la téléphoniste, le *lapsus calami*, le langage du rêve, le dialogue avec la mort... Et c'est ainsi que, des années plus tard, je pris connaissance des études « neuropsychiatriques » que j'aurais faites avant que d'être écrivain.

J'assumais une séance de signatures en compagnie de quelques confrères. Un monsieur vint me saluer, blond, de grande taille. Il se nomma : Michel Têtu, chef du département d'études françaises. Il avait la quarantaine à vue d'œil et un curieux accent qui écrasait les voyelles. Il m'invitait à Laval pour un semestre en qualité d'écrivain résident. Je crus qu'il parlait de la préfecture de la Mayenne. Très poli, il corrigea mon erreur géographique : il s'agissait de l'université Laval, à Québec. Cela m'intéresserait-il d'y enseigner la littérature maghrébine d'expression française ? Il me proposait des émoluments de deux mille dollars par mois, tous frais payés, pour trois heures et demie de cours par semaine. Je partis pour le Canada à la fin de l'été. Je n'oublierai jamais les sanglots convulsifs de l'un de mes enfants, neuf ans, au moment où je prenais place dans un taxi pour me rendre à l'aéroport. Ni le saut prodigieux qu'il fit de bas en haut dans mes bras où il resta longtemps à frissonner, lors de mon retour en France.

7

C'était le bon temps où l'on pouvait allumer une cigarette ou deux à bord d'un avion, dix à la rigueur s'il s'agissait d'un long-courrier. On pouvait même respirer durant le vol, bâiller, émettre à l'occasion quelques bruits incongrus à la marocaine. Le Canada n'était pas tout à fait américanisé à l'époque, le reste du monde encore moins. Je pris une chambre d'hôtel à Québec (personne ne me demanda ma carte de crédit, je n'en avais pas d'ailleurs), dînai sur le pouce et me jetai sur mon lit. Je dormis longtemps, très longtemps, selon mon horloge interne. J'émergeai du sommeil frais et dispos, prêt à affronter ma nouvelle existence. Posé sur la table de chevet, un réveil indiquait 3 heures. Je me levai, tirai les rideaux. Dehors, c'était la nuit noire. Je téléphonai à la réception. « Trois heures et deux minutes du matin, monsieur. Bienvenue ! » La trotteuse continuait de galoper allégrement de droite à gauche sur le cadran. Et puis je réalisai qu'il pouvait y avoir un certain décalage dans le temps entre l'Europe et le Nouveau Monde, tout comme il y avait quelque distance dans l'espace. L'université mettait un pavillon à la disposition de ses invités et des conférenciers. J'inspectai brièvement les lieux communs, le salon surtout. Je ne m'y voyais pas assis durant les longues soirées d'hiver, à subir des assauts d'érudition, cette poussière de bibliothèque tombée dans un crâne vide. Je déclinai l'offre de l'ecclésiastique chargé de l'intendance, d'autant que l'on m'avait signalé la présence d'un médiéviste dans les parages et d'un spécialiste de l'art roman, célibataire de surcroît.

Ce fut un arbre qui me décida d'emblée à louer une chambre dans une villa à ras de jardin — un érable rouge de toute majesté autour duquel on l'avait bâtie et dont le tronc sortait avec ses branches par une ouverture spécialement aménagée dans le toit. Le fût était à demeure dans un coin du salon. Il y avait une autre particularité, d'ordre algébrique : la villa était située au numéro 1215, avenue des Gouverneurs. C'est du moins ce qu'indiquait la plaque vissée au-dessus de la porte d'entrée. J'arpentai l'avenue en question. Bien que large, ce n'était qu'une rue, avec quatre maisons côté pair et cinq côté impair. Où pouvaient bien se trouver les mille six autres ? Je demandai de plus amples renseignements à ma logeuse. Elle me les fournit d'abondance, par le truchement du cadastre et du plan d'occupation du sol. Pour mieux me faire comprendre, elle établit une comparaison avec les plaques d'immatriculation des voitures qu'il fallait renouveler tous les ans, même pour une vieille chignole. Celles qui ne comportaient qu'un ou deux chiffres étaient les plus prisées, donnaient un standing de bon aloi à leurs propriétaires. C'était l'inverse pour les habitations...

Elle s'appelait Mme Poulin. Elle avait la cinquantaine triomphante, le verbe méditerranéen. J'étais bien « chanceux » d'avoir une famille nombreuse ; son cher époux disparu dans la force de l'âge ne lui avait pas fait connaître les joies de la maternité ; elle avait adopté une petite fille prénommée Denise qu'elle chérissait de toutes ses entrailles. Elle me la présenta. L'enfant avait à présent une quinzaine d'années, gauche et timide à souhait. Je la complimentai sur sa bonne mine, m'enquis de sa scolarité. Elle me dit tout à trac : « Maman m'a acheté un autre Chinois. J'en ai deux maintenant. » Je fis : « Ah ? Ah bon ! » Un homme mur à point et d'une jovialité gastronomique venait souvent partager notre souper. Denise l'appelait tonton. Mme Poulin l'entraînait ensuite dans sa chambre dont j'entraperçus une fois le vaste lit à baldaquin. Le dimanche matin, il en sortait vêtu d'une soutane pour se rendre dans sa paroisse du centre-ville. Je les aimais bien l'un et l'autre.

Le doyen de la faculté des lettres était un évêque, la plupart des professeurs des hommes d'Église. Nous nous réunîmes pour un déjeuner arrosé d'un « breuvage » au choix : thé ou café Maxwell. J'optai pour le thé sans l'ombre d'une hésitation, grignotai un petit morceau de céleri cru servi en guise d'entrée, attaquai une pièce de bœuf qu'escortaient deux boules de purée de chou-fleur et réclamai de l'huile et du vinaigre pour assaisonner la salade qui clôturait le repas, après le dessert. Il y avait bien du vin, mais dans la pièce à côté. Le barman avait fait descendre la grille de séparation à midi tapant. Découpée en temps de parole plus ou moins minutés selon le rang social des convives, la conversation déambulait feutrée autour des lieudits littéraires pour aboutir au sujet principal des curiosités : le Maroc. Je répondais par des boutades qui avaient le don d'installer un silence gêné. L'évêque se leva le premier et je m'empressai de l'imiter, un paquet de gauloises à la main. Le fumoir était au bout du couloir. Je m'y retrouvai en compagnie d'un professeur de philologie. Il me demanda une cigarette. C'était la première fois qu'il fumait dans l'enceinte de l'université. C'est grâce à lui que se dissipa le mystère des Chinois qui me turlupinait depuis quelques jours. Un enfant remettait l'argent de sa tirelire au curé pour acheter un pauvre diable de Chinois. Le curé lui délivrait une sorte de reçu enluminé où figuraient le nom et l'âge approximatif du ressortissant de l'Empire rouge que gouvernait un Satan du nom de Mao Tsé-toung. Le prêtre et l'enfant faisaient ainsi œuvre pie, une œuvre de rédemption. Ils venaient de sauver une âme, pour laquelle ils allaient dès lors prier en toute bonne foi.

Je passais le plus clair de mon temps à sillonner la ville (j'étais l'un des rares piétons), à la recherche d'un restaurant où l'on pouvait manger, boire et fumer démocratiquement, comme jadis dans les relais routiers d'Aubervilliers ou les bistrots des Halles. Je finis par en trouver un. Il était tenu par un couple des mieux assortis : la patronne suivait un régime draconien et aurait fait plaisir à Guy de Maupassant, Boule de suif idéale ; son mari liquidait tout ce qui traînait dans les assiettes, aussi maigre qu'un matou oublié depuis longtemps dans un grenier. Ce haut temple de la gastronomie québécoise avait pour enseigne *Au bas de la tour*. Il était situé juste en face du bâtiment de télévision TV 4 où entraient et d'où sortaient de très jolies femmes court vêtues. C'était l'époque juvénile de la minijupe. J'avais une table bien en vue.

Les étudiantes dépassaient en nombre les étudiants, en charme aussi. Ils se levèrent lorsque je fis mon entrée dans l'amphithéâtre. Mon regard accrocha aussitôt des jambes moulées très haut par

116

les collants. Cette agréable perspective détermina le ton de ma prestation et de l'ensemble de mes cours ultérieurs. Ce ne furent pas à proprement parler des cours, ni même des conférences. Une prise de contact plutôt, émaillée de questions banales que je posais au détour d'une phrase afin qu'ils prennent la parole. Lorsque les réponses tardaient à venir ou se limitaient à des monosyllabes, je leur racontais des anecdotes saugrenues. Ce n'était pas une tactique de ma part, mais un besoin de les sentir et de les ressentir. J'étais né au Maroc, j'avais vécu en France dont j'avais adopté la langue et j'étais maintenant parmi eux, dans leur pays qui m'était inconnu jusqu'alors, sinon étranger. Ils étaient assis, toussaient poliment, j'entendais leurs pieds remuer dans un mélange de timidité et d'attente.

Je restai debout durant toute la séance. Je ne me souviens pas d'avoir jamais regagné mon bureau juché sur l'estrade ou d'avoir eu recours au micro pour leur parler, ni ce jour-là ni plus tard. J'allais de l'un à l'autre, leur demandais leur nom, leur cursus et ce qui les motivait dans leur option de la littérature maghrébine francophone. Je les aidais de mon mieux en replaçant la Tunisie, l'Algérie et le Maroc à leur juste place. « Non, rectifiais-je, ils n'ont pas pris leurs jambes de terre à leur cou pour aller se planquer entre Israël et la Rhodésie. Et pourquoi pas entre l'Alberta et le New Brunswick ? » Ces boutades lancées comme des ballons-sondes les faisaient éclater de rire à l'instant. Le rire les libérait. Il me libérait, moi aussi. « Non, non, poursuivais-je, les Arabes ne sont pas des figurants dans des films d'Indiens de Hollywood. Ils n'ont pas tous un turban et une moustache. Ils sont musulmans, d'accord ! Mais il y en a parmi eux qui sont chrétiens comme au Liban, et même juifs comme en Israël. Ils peuvent écrire des romans, à l'instar des littérateurs de chez vous. Faut-il pour autant leur adjoindre une étiquette ? Tout langage est à rétablir. »

Et j'enchaînais du coq à l'âne : « Quelqu'un pourrait-il me traduire ce slogan que j'ai relevé hier à la devanture d'un magasin de chaussures, BOTTES FORTEMENT RÉDUITES ? Et ces coupons vendus à "la verge", cela veut dire quoi ? Je ne voudrais pas me fourvoyer en comprenant de travers. » S'établit progressivement entre eux et moi une véritable prise de contact, mutuelle. Le dialogue s'instaura au fil des semaines et des mois, à la périphérie de la littérature. Je découvris des auteurs du cru. Et ils découvrirent Kateb Yacine, Mohammed Dib, Mouloud Feraoun, Mouloud Mammeri. Ensemble, nous les placions dans la Belle Province, dans le contexte de la langue française. Certains d'entre eux, ici ou là, écrivaient dans les affres parce que le français était pour eux la langue du dominateur. Ce qui n'était pas mon cas. Ce ne le fut jamais. J'évitais de m'étendre sur mon œuvre. C'était difficile, en regard de leur curiosité. Je les renvoyais à tel ou tel de mes livres. Ils pouvaient les lire. Il y avait une bouteille d'eau minérale sur la table. J'en buvais une rasade à la fin du cours.

J'avais peine à sortir de l'amphithéâtre. Les échanges continuaient de plus belle dans les couloirs et sur le campus. Au départ, ils étaient une soixantaine d'étudiants. Ils ne tardèrent pas à dépasser le nombre de deux cents, le téléphone québécois aidant. Bien qu'issus d'un milieu modeste, certains d'entre eux roulaient en voiture d'un modèle récent. Je me trouvais un jour à bord de l'une d'elles. Une jeune fille était au volant, cadette d'une famille de douze enfants. Elle m'expliqua les méandres des enjeux sociaux, la démographie des Canadiens francophones (et catholiques) face à leurs compatriotes protestants et de langue anglaise, les programmes versatiles du parti québécois et du parti « créditiste » qui misaient sur la jeunesse, les subventions allouées par le Conseil des Arts, le calcul à long terme des entreprises qui finançaient des étudiants dès leur première année d'université pour les prendre sous contrat à la fin de leurs études, cadres, exécutants. Je pensais aux étudiants de France — et plus encore à ceux de ma patrie, avides de connaissance, assoiffés de savoir, démunis de tout, et qui faisaient des kilomètres à pied pour se rendre à leurs universités respectives. Ceux d'ici étaient bien nourris, bien logés, et ils se sentaient mal dans leur peau. Je ne savais qu'en conclure. Peut-être leur destinée était-elle toute tracée, rectiligne comme cette avenue qui descendait de Sainte-Foy vers le vieux Québec, sans fantaisie ni chemin de traverse. Che Guevara était l'idole de ces grands gaillards paisibles ; les jeunes filles admiraient sans réserve l'épouse du premier ministre fédéral dont les frasques défrayaient la chronique. Les uns et les autres m'acceptaient d'autant plus que je n'étais pas français. Et parce que j'avais secoué le cocotier natal et que j'opposais la plus grande résistance à l'emploi de la langue des Américains qui avaient colonisé même l'anglais. J'appris à compter en piastres au lieu de dollars canadiens, je « magasinais » pour faire des courses en ville, je « placotais en joual », je n'aimais ni *La Peste* ni *La Princesse de Clèves* qu'ils avaient eu à subir l'année précédente. Mais je ne pus jamais attraper l'accent du cru, en dépit de ma bonne volonté.

« Les avis partagés ne sont pas partagés », disait Alphonse Allais. L'humour non plus, du moins au Canada. Je le constatai dès les premières semaines de mon séjour dans ce pays hospitalier et ouvert aux flux migratoires comme aux courants d'idées. Si les humoristes professionnels me hérissaient le poil parce que leurs sketches brocardaient les

Belges, les Juifs, les Écossais, les Arabes, et qu'ils en faisaient leur fonds de commerce à sens unique, j'étais par contre très sensible à tout ce qui jetait un grain de sable dans les rouages de la société établie dans le confort de sa cécité, les histoires belges racontées par des Belges, les histoires juives qui remettaient en question les Juifs, les poètes totalement dingues des médinas de chez nous, en passant par les inimitables traits d'esprit d'un Bernard Shaw ou d'un George Mikes. Cet humour polyglotte ramassé à la petite cuiller au fil de mes pérégrinations et de mes lectures, je me devais de le distiller à doses homéopathiques dans mes cours. Et pourtant, les œuvres des écrivains maghrébins avaient de quoi dilater les rates les plus sclérosées. Lorsque Raymond Devos vint nous régaler de ses reparties à Montréal, je fus le seul à pleurer de rire. Il remercia l'assistance au bout de dix minutes de représentation, couvert de sueur. Ses jeux de mots étaient si bien enchaînés les uns aux autres et si rapides que les spectateurs réagissaient à contre-coup, avec au moins trente secondes de retard — de quoi faire retomber un soufflé dans le four le mieux réglé du monde. La civilisation était-elle par hasard une réaction contre le froid ?

Je flânais place Saint-Jean à Montréal. Une limousine s'est arrêtée à ma hauteur en un ralenti d'huile. Le chauffeur est descendu, casquette raide, gants blancs. Il a ouvert la portière. Une dame très digne avec un chapeau orné de fleurs et de légumes m'a fait signe d'approcher. Elle avait une soixantaine d'années. Elle me rappelait vaguement ma défunte belle-mère. Elle m'a dit d'une voix cassée :

— Bonjour, jeune homme. Bienvenue ! C'est mon jour. Me feriez-vous la grâce de vous joindre à nous pour notre collation hebdomadaire ?

J'ai accepté avec plaisir. La portière s'est refermée sur moi sans bruit. La voiture a démarré. On eût dit qu'elle avait des pneus en mousse. Une agréable fragrance de vétiver flottait dans l'habitacle. Je me suis bien gardé d'allumer une cigarette.

— Je m'appelle Lucie. Et vous ?

— Driss.

— Brice ? Mes amies vont être ravies. Vous êtes le premier invité à porter ce prénom. D'habitude, ils s'appellent tous Jean, Pierre ou Paul. Des pseudonymes passe-partout.

Elle m'a présenté à ses amies, sensiblement du même âge qu'elle : Lucette, Marie-Madeleine, Eugénie, Pierrette, Salomé. Toutes gardaient leur chapeau sur la tête, de forme et d'ornementation différentes. Les fauteuils étaient disposés en demi-cercle. Deux étaient inoccupés. J'ai pris place dans l'un d'eux. Mon hôtesse est venue s'asseoir près de moi, après s'être débarrassée de ses gants au vestiaire. Devant chacun de nous, il y avait une petite table basse, avec une tasse et sa soucoupe, deux assiettes à dessert et un jeu de couverts en vermeil. Ce n'était pas un restaurant, ni même un salon de thé : nous étions les seuls convives. Une sorte de club privé, propriété de ces charmantes dames qui me souriaient avec bonté, où n'entrait jamais un représentant de la gent masculine, à l'exception d'un seul par semaine dûment chaperonné.

La salle était vaste, située au dernier étage d'un immeuble de marbre et de verre, face à l'île de Montréal hérissée de tours. En bas coulait le fleuve Saint-Laurent. Ce que nous fîmes cet après-midi-là ? Un chariot circulait devant nous, chargé de pâtisseries de toutes sortes, roses, beiges, vertes, bigarrées, ocre, Sienne, parme. Les cheveux retenus dans une résille et la taille ceinte d'un mini-tablier blanc, une jeune fille le poussait, s'arrêtait.

— S'il vous plaît! me disait Lucie. Vous êtes notre invité. Choisissez.

— S'il vous plaît! insistait l'une ou l'autre de ses amies. Je vous recommande la tartelette aux noix. Et goûtez-moi aussi ce millefeuille qui me fait venir l'eau à la bouche.

Mon assiette débordait. Elles en avaient deux chacune, bien remplies. Et il y eut un second chariot, une petite demi-heure plus tard, des coupes de glace à tous les parfums, vanille, fraise, framboise, citron, orange, à la banane, au chocolat. Pendant ce temps, une autre jeune fille ne cessait

123

de nous servir du thé au sirop d'érable. À les regarder tant ingurgiter et avec tant de plaisir, je me demandais par quel prodige ces dames pouvaient rester sveltes et dignes. Elles mangeaient très proprement, le petit doigt en l'air, conversaient entre deux bouchées, deux gorgées de thé. Seules quelques poitrines étaient opulentes.

— Servez-lui donc cette religieuse à la crème, ma fille. Elle m'a l'air appétissante.

— S'il vous plaît, jeune homme! Goûtez-moi cette glace au cassis.

Ce que nous nous dîmes? Des propos civils à bâtons rompus. Je leur confiai que j'étais écrivain et elles n'insistèrent pas. Elles se contentèrent de deviser sur *Un gentleman courageux* de James-Oliver Curwood qui avait enchanté leur enfance — et de mentionner en termes choisis Simone de Beauvoir. Elles la plaignaient de tout leur cœur. Elles apprirent que je donnais quelques cours à l'université Laval et elles se mirent à me plaindre à mon tour. Il y avait des universités plus modernes, celles du Québec et de Montréal entre autres, sans compter McGill et Concordia — mais elles étaient de langue anglaise, n'est-ce pas?

Lucie tint à me raccompagner en voiture jusqu'à Québec.

— C'est la moindre des choses, mon cher. Vous ne songez tout de même pas à prendre le « Rapido »? Il n'a de rapide que le nom.

La limousine ne dépassait guère soixante-dix kilomètres à l'heure. Nous fûmes arrêtés par les motards à deux reprises, pour « insuffisance de vitesse » et entrave à la circulation. Lucie paya les contraventions sans faire le moindre commentaire. Je lui demandai en cours de route s'il lui était arrivé parfois des mésaventures avec l'un ou l'autre de ses invités...

— ... je veux dire : ils auraient pu profiter de votre candeur.

— Candeur? me répondit-elle. J'ai l'œil, vous savez!

J'entendis parler d'elle dans les jours qui suivirent, au détour d'une phrase. Un certain McDonnel, professeur de littérature comparée à McGill, vint me rendre visite. Il se proposait d'établir une version universitaire commentée de l'un de mes livres, à l'usage des étudiants anglophones. Mais lequel? Là était la question. Il appréciait les thèmes abordés dans mes œuvres : ils n'étaient pas parisiens. Mon style non plus d'ailleurs. Tante Lucie (Auntie Lucy) partageait son avis. J'avais trouvé un créneau entre deux mondes, voire deux conceptions du monde, auquel seraient certainement sensibles mes éventuels lecteurs d'outre-Atlantique... dans une dizaine d'années. Au contraire des Français et autres Européens, ils n'étaient pas impliqués dans l'histoire du Maghreb. Il fallait leur laisser du temps. En attendant, il serait heureux de donner corps à son projet d'édition. Aurais-je par hasard dans mes tiroirs ou en chantier un ouvrage plus facile à lire que les précédents, plus léger et plus tendre? L'imagination à bride abattue, j'inventai sur-le-champ. Je lui dis que j'avais en tête le sujet d'un roman dont le personnage principal serait une femme de chez nous confrontée aux emblèmes de la civilisation occidentale, mais que je ne savais par quel bout le prendre. Ses yeux brillèrent.

— D'accord! J'achète. Quand aurai-je la joie de le lire?

— Dans deux ans. Je ne suis pas aussi patient que les Américains, répondis-je.

Et sans transition aucune, je lui demandai qui était cette « tante Lucie » dont il venait de faire mention par inadvertance. Il bifurqua aussitôt. Il s'étendit sur son auteur favori, Robert Burton. L'avais-je lu? (Non.) Il s'en repaissait depuis des années. En dépit de son titre, *L'Anatomie de la mélancolie* — deux mille pages — était un formidable livre consolateur. Burton avait saisi que sous l'extrême de la plainte gisait aussi l'empire d'une jouissance : « Ne chéris pas tes fantasmes dont tu es si friand... » Car si la mélancolie était cet enfermement dans une souffrance sans recours...

— Mais peut-être suis-je en train d'abuser de votre temps?

— Nullement. Je m'instruis.

Il m'emmena le soir même à Montréal où je fis la connaissance de mon futur éditeur, Samy Kelada.

Samy Kelada avait la cinquantaine discrète, les tempes argentées, une élégance de bon aloi. Adolescent, il avait quitté son village natal de la Haute-Égypte où les Coptes affrontaient tant bien que mal la disette et le panarabisme naissant. Ses pérégrinations le menèrent un peu partout en Europe où il exerça divers petits travaux, amassant peu à peu un pécule — de quoi payer son passage à bord d'un cargo en partance pour Halifax, Nouvelle-Écosse. Mais comment survivre dans ce pays de cocagne quand on n'avait pas un sou vaillant ? C'est alors que lui revint en mémoire le souvenir des terrains vagues de son enfance. Avec de l'huile de coude et un peu d'imagination, on y trouvait parfois des trésors insoupçonnés.

Ses premiers jours dans le Nouveau Monde furent d'exploration et de réflexion. Il remarqua très vite que les Canadiens faisaient une consommation effrénée de Coca et autres sodas. Ils jetaient ensuite les bouteilles vides. Il loua un triporteur et les récupéra. Il ramassa également les journaux sur le pas des portes et dans les poubelles. Certains d'entre eux pesaient dans les deux livres. Il les vendit dans une fabrique de carton. Les bouteilles vides, il les rapporta aux distributeurs. Un mois plus tard, il disposait d'une camionnette. Dans les deux années qui suivirent, il était à la tête d'une entreprise écologique. Il la revendit avec son personnel et une plus-value substantielle. En 1966 ou 67, au plus fort de la libération sexuelle, il fit commerce de certains illustrés qui s'arrachèrent comme des petits pains, le puritanisme aidant. Quand il jugea sa fortune assez rondelette, il déménagea à Montréal et fonda une maison d'édition, Aquila Limited. Toujours il avait nourri un amour immodéré pour la poésie et les belles-lettres. Il traita avec Bordas et deux ou trois éditeurs français dont il devint le partenaire exclusif. Lorsque je fis sa connaissance, il avait des trous dans tous ses comptes en banque et une vingtaine de cartes de crédit. Il me rassura sur son sort. Il vivait à l'américaine : plus on avait de dettes, plus on était considéré. Je le pris tout de suite en amitié.

Marie entra dans ma vie par un jour de tempête.

L'été indien s'était attardé jusqu'aux derniers soirs dorés de novembre. Tomba l'hiver d'un seul coup, tomba la neige en cataractes, tomba le thermomètre en dessous de zéro. Et s'abattit sur la ville un silence épais d'où n'émergeait qu'à grand-peine le ronflement des camions-bennes qui répandaient à verse des tombereaux de sel. Même les lignes téléphoniques étaient comme assourdies, filtrant les aigus et ne laissant percevoir que les sons graves. Marie tenait à notre rendez-vous par n'importe quel temps. Lorsqu'elle m'appela pour me dire qu'elle avait trouvé une voiture équipée de pneus neige et de chaînes, j'eus quelque difficulté à reconnaître sa voix. Je lui demandai si elle avait une angine. Elle rit. Son rire avait la sonorité molle d'une clochette en fer-blanc.

Et maintenant nous étions là, elle au volant, moi à son côté, sur un chemin vicinal bordé d'yeuses et de trembles, à deux ou trois kilomètres du lac Beauport. Les trois semaines précédentes, nous les avions presque entièrement passées sur les routes, du matin au soir, partout où l'avait entraînée son ardent désir de me faire connaître son pays : la Gaspésie, la baie Comeau, Lévis, Chicouttimi, Sept-Îles, Trois-Rivières, l'île d'Orléans, le mont Tremblant... Mes cours étaient sur le point de s'achever et j'avais de plus en plus de loisirs. Elle aussi. Elle m'avait remis bien avant l'heure son mémoire sur la littérature maghrébine où elle avait inséré des poèmes touchants de sa composition. Elle avait une vingtaine d'années. Jour après jour, elle trouvait une nouvelle inspiration, un itinéraire différent, un site enchanteur à me faire découvrir.

Nous avions fait le tour du lac ce soir-là, puis

dîné dans une auberge à toit pentu. Les murs étaient constitués de troncs d'arbres équarris. Sur la table, il y avait un bouquet de fleurs des champs. Sur les murs, des casseroles en cuivre rouge, un fer à cheval, une selle. Marie me fit goûter son dessert préféré : de la confiture de baies d'églantine. J'étais détendu. Elle semblait rêveuse. Nous sortîmes sous les flocons drus, prîmes place dans la voiture. Elle mit le moteur en marche, passa les vitesses. Et puis elle s'arrêta. Sans nous consulter, sans même nous regarder, nous mîmes pied à terre. Et sans dire un seul mot, nous nous étreignîmes à ciel ouvert. L'étreignant, j'avais la sensation intense, indicible et intense, que tous les hivers du monde croulaient autour de moi et en moi tandis que renaissaient tous les printemps. Longtemps plus tard, nous nous relevâmes. Nous étions transis de froid et de joie. Plus soudaine que la tempête qui nous environnait de toutes parts, il y avait une autre tempête. Elle était en nous. Elle est en moi, ici et maintenant. Tous les laps du temps sidéral ont convergé vers l'instant présent. Le temps a chevauché le temps et je me sens revivre. Les mots sont débarrassés de leur gangue. Ils sont pleins et purs, comme à l'origine. Et qu'importe tout le reste, tout ce qui n'est pas elle ! Qu'importe même l'âge que j'ai aujourd'hui — soixante-quatorze ans — alors que remontent à flots les souvenirs ! Je l'ai connue, je l'ai rêvée, je l'ai aimée. Je l'écris.

Elle sonna à ma porte dès le lendemain matin, toute friselis, radieuse et irradiante. Nous nous rendîmes dans une agence d'Air Canada. Je fis changer mon billet d'avion en un billet *open*. J'avais tout le temps du temps pour envisager un éventuel retour en France. J'étais parti en plein désarroi, vide et vidé de toute espèce de croyance. Je ne croyais plus en moi. Je n'avais plus envie d'écrire. Était-ce hier ou dans une autre existence ? Et voici qu'une femme effaçait tous mes doutes par sa seule présence. Jour après jour, elle ne cessait de me répéter : « Tu es mon âme. Tu es ma patrie et ma religion. Tu m'as fait naître à la vie. » Tari, desséché depuis des mois et des mois, le lit de la vie redevenait un torrent. Tout était à découvrir de nouveau, à respecter. J'avais l'intime conviction que j'étais en train de faire un voyage sans commencement sans durée sans fin, un voyage qui me transformait de fond en comble et m'ouvrait totalement au monde.

Le rêve et la réalité pouvaient-ils être vécus simultanément ? L'immensité des espaces canadiens était à la mesure de la sensation dominante entre toutes : la paix, une paix d'un blanc immaculé sans horizon ni frontière. La motoneige fendait les champs de neige en deux gerbes étincelantes et continues — et c'était comme une haie d'oriflammes qui reliait la terre au ciel et le froid cinglant au cœur chaud des hommes. Même les étoiles du ciel étaient chaudes en pleine saison des frimas. Des Indiens nous donnèrent l'hospitalité tant que souffla le blizzard du Grand Nord. Ils étaient si différents de ceux de Hollywood. Ils ne possédaient rien — rien d'autre que leur élémentaire soif de la vie. Ils partagèrent avec nous de la viande de caribou, leurs gestes lents et leur économie de paroles. Ils ne nous demandèrent ni notre nom ni d'où nous venions. À l'autre bout de terre, des G.I. effoliaient les forêts, arrosaient de napalm des villages entiers. Un certain général Giap venait de déclencher l'offensive du Têt.

... Please come to Denver with a snowfall
And move out in the mountains so far
We can't be found...

C'était au parc des Laurentides. Tout un peuple d'oiseaux y faisait halte, avant de reprendre son vol migratoire vers d'autres cieux. Des cervidés déambulaient en liberté. Le long hiver touchait à sa fin. Une jeune femme se promenait à pas lents le long d'une allée. Elle était vêtue d'un pantalon et d'une veste en velours. Un passant la reconnut, l'appela par son nom : Joan Baez. Un autre passant s'arrêta, d'autres encore. Elle se laissa entraîner vers le banc où nous étions assis, Marie et moi. Je n'avais jamais entendu parler d'elle. Et voici : elle rejeta la tête en arrière, ferma les yeux et se mit à chanter une ballade *a capella* :

... I'll shout I love you echoes into the canyon
And then lie awake at night...

Je ne comprenais pas grand-chose aux paroles. Mais il y avait la voix. Je n'écoutais pas cette voix. Je la *regardais*. Je la vis naître à fleur de peau, doucement, tendrement. Je la vis prendre de l'ampleur, puis s'élever. Elle fut tour à tour un élan, un cœur frémissant, un battement d'ailes dans la nuit. Et quand elle redescendit vers nous, ce fut en une caresse légère suivie de résonances. Nous tous qui étions là, nous retenions notre souffle. Pas un de nous n'osa applaudir. C'était inutile. Je me penchai sur sa main. J'embrassai à pleines lèvres cette main aux doigts fuselés. J'aurais tant voulu embrasser sa voix.

... Please come to Denver,
But I said no, won't you come home to me!

Catherine vint me chercher au début du printemps. Je la mis au courant de ma situation dès sa descente d'avion.
— C'est sérieux ? me demanda-t-elle.
— Très.
— Raconte-moi.

— Non.

Je m'en voulais d'être aussi sec avec elle. Toute une nuit, elle remua les souvenirs, les raviva. Je n'avais plus de mots. J'étais au-delà des mots. Elle finit par me dire qu'elle aussi avait une liaison et qu'elle songeait à refaire sa vie. En attendant, il y avait une priorité absolue : nos enfants. Ils avaient besoin de moi. Je rentrai avec elle en France. Je n'oublierai jamais le saut prodigieux que l'un de mes fils, dix ans, fit de bas en haut dans mes bras où il resta longtemps à frissonner, lors de mon retour.

8

Huit ans après, j'étais à Édimbourg, nanti d'un ordre de mission. Je devais faire un reportage sur l'Écosse avec mon regard d'écrivain et selon mon tempérament de Méditerranéen. C'était l'échappée belle dans ma vie professionnelle, dans ma vie privée surtout. Yves Jaigu, le patron de France Culture, me donnait carte blanche et de grands moyens : un réalisateur, un technicien, une voiture qui nous attendait sur place, un matériel des plus performants et beaucoup d'argent. C'était l'époque bénie de la culture où l'on ne mesurait pas l'avoine au nom de l'audimat. La veille de notre départ, le cher Pierre Andreu, directeur des programmes, m'avait demandé si je parlais couramment l'anglais.

— *Oh yes!* lui avais-je répondu. *Fluently.*

Ce qui restait à démontrer. Arlette Dave tenait particulièrement à son titre de « réalisateur » — et non de réalisatrice. Je l'avais choisie de préférence à l'un de mes réalisateurs attitrés parce qu'elle était de tout repos. Je m'entendais bien avec elle : au studio, elle me laissait diriger les comédiens à ma guise. En anglais, elle était aussi nulle que moi, sinon davantage. Pierre Morizet était capable de sauver la situation. Il s'exprimait aisément dans la langue de Shakespeare, mais il était preneur de son. Son domaine était la technique, non la parole. Diable de diable, que faire devant ce cas de figure ? Je ne pouvais tout de même pas sillonner l'Écosse à la recherche d'autochtones francophones et bâtir une émission de quatre heures d'antenne avec des bouts de chandelle. Je pris une longue inspiration et téléphonai à Sheena McCallion.

J'avais fait sa connaissance en 1971, par un après-midi d'automne. Elle était assistante d'anglais à Saint-Cyr-l'École. Longs cheveux auburn, visage inondé de taches de rousseur, elle souriait tout le temps. Fraîche émoulue de l'université de Saint Andrews où elle avait obtenu une maîtrise d'allemand et une maîtrise de français, c'était si agréable de l'entendre disserter sur le « Nouveau Roman » d'une voix douce, avec un accent écossais. Elle admettait volontiers que les techniques habituelles du récit pouvaient être bouleversées de fond en comble pour mieux refléter l'illogisme et les incohérences de l'existence, mais des livres comme *Portrait d'un inconnu*, *La Jalousie* ou *La Modification* avaient mis ses méninges à rude

épreuve. Je la rassurais : « Les miennes aussi. »
J'ajoutais : « Michel Butor est un bon vivant. Je le
connais. Il a un rire formidable. » Pourquoi étais-je
troublé, même à distance, alors que je me sentais
paisible en sa présence ? J'avais eu mon lot de vie.
Je ne prévoyais rien, n'espérais plus rien.

Elle avait vingt-deux ans. Moi quarante-cinq.
La distance dans le temps était une frontière sûre
entre le rêve et la réalité. Les yeux brillants, le feu
aux joues, elle me parlait calmement de son pays,
le plus souvent dans sa langue maternelle : Kirk-
caldy, Édimbourg, Adam Smith, le comté de Fife,
Robert Burns, Inverness, les coqs de bruyère, la
bataille de Culloden, Marie Stuart, Aberdeen, les
îles Hébrides, les Highlands... Chaque fois que
j'en avais le loisir, j'allais lui rendre visite. Elle
prenait parfois sa guitare, en vérifiait la tonalité
corde par corde, l'installait sur ses genoux tel un
enfant en bas âge, puis lançait à pleine harmonie
une chanson des Corries ou une ballade irlandaise :

The water is wide
I can't cross over
Nor do I have bright wings to fly...

Et cela était ainsi : que jamais rien ne ternisse,
que jamais rien de meure ! Nous nous rencontrions
de plus en plus souvent, n'importe où, chez elle,
dans le car Saint-Cyr-l'École-Versailles, dans le

train de banlieue Versailles-Pont-de-Javel, dans un parc, dans un bistrot. Et renaissaient imperceptiblement les sentiments primordiaux, en deçà des sens et au-delà de la conscience. Je me surpris un jour attablé devant ma vieille machine à écrire dont je faisais cliqueter les caractères dans la fièvre et l'allégresse de la création. Je rentrais à la maison après une journée éprouvante et émouvante au studio, discutais et riais avec mes enfants, échangeais avec Catherine quelques paroles d'ordre domestique, dînais peu ou prou et me remettais au travail et à la joie d'écrire. Si je me couchais, c'était n'importe où. La plupart de mes nuits étaient peuplées de rêves. J'avais faim de Sheena, soif d'elle. Les feuillets croissaient et multipliaient et je lui en donnais lecture dès que je la retrouvais. Le livre fut écrit pour elle, à chaud. C'était ma façon à moi de lui raconter le Maroc, à travers la personnalité fruste et pure d'une mamma de chez nous. Je trouvai le titre alors que le manuscrit touchait à sa fin : *La Civilisation, ma mère !...*

Sheena m'accompagna chez mon éditeur. Denoël avait toujours son siège social rue Amélie. Mais Philippe Rossignol était parti, hélas ! Lui avait succédé Albert Blanchard, hélas ! Des auteurs maison avaient émigré vers d'autres cieux littéraires. De l'ancienne équipe éditoriale ne subsistait plus que l'inestimable Georges Piroué qui avait été le premier lecteur des *Boucs*. Apparaissaient de nouveaux visages : Jean O'Neil qui bavarda en gaélique avec Sheena, et Yvette Bessis, attachée de presse, qui tiqua en me voyant avec cette jeune personne suspendue à mon bras. Sheena voulait rester dans la salle d'attente. Je poussai la porte du bureau directorial — une porte qu'on venait de matelasser — et nous entrâmes. Albert Blanchard ne se leva pas pour nous accueillir. Il dit :

— Prenez place, je vous prie.

Il me dit :

— Mes directeurs littéraires m'ont remis leurs comptes rendus de votre ouvrage. J'y ai jeté un coup d'œil. J'espère que ça va être un succès de librairie.

Je faillis me lever et m'en aller avec mon manuscrit sous le bras. Ce type qui trônait sur un fauteuil haut sur pieds ! Si j'avais à le décrire, je le qualifierais de carrosse de la cinquième roue. Mais je n'étais pas méchant ce jour-là. Les Éditions Grasset m'avaient fait comprendre qu'elles étaient prêtes à me faire un certain pont. Non, pas Yves Berger. Bernard Privat. L'espace d'un coup de poker, je pesai le pour et le contre, à regarder cet homme qui me parlait sur un ton de Reader's Digest. Si je restai assis sur ma chaise en skaï rouge, ce fut en quelque sorte par ancienneté. J'étais entré chez Denoël en 1953, du temps où cette maison d'édition était l'une des plus prestigieuses de Paris.

Le silence dura deux ou trois minutes. Puis vint

le moment des basses contingences terrestres. Inspecteur Ali en gestation, je demandai une somme doublement confortable à titre d'à-valoir. Albert Blanchard me signa un chèque sans marchander, en grand seigneur. Je pliai le chèque en deux et le glissai dans la petite poche de mon veston. Je n'étais pas loin de penser que ce directeur-là n'allait pas tarder à couler la maison. En sortant, je fis la connaissance de l'adorable Claudine Lemaire, adjointe au service de presse. Ce fut elle, et elle seule, qui prit ma carrière en main et m'ouvrit bien des portes.

Il suffit qu'un être humain soit là, sur notre route, au moment voulu, pour que tout notre destin change. *La Civilisation, ma mère!...* parut en 1972. Le relisant à tête reposée, je réalisai brusquement que je venais de renouer avec mon pays natal. Il avait suffi qu'une jeune fille native d'Écosse fût là, à la croisée de mon destin, alors que depuis la mort de mon père je ne m'interrogeais plus sur le berceau de mes ancêtres. J'étais fermement persuadé que j'avais tout dit, tout remis en question dans mes premiers écrits, *Le Passé simple* et *Succession ouverte*. J'attendais que de nouveaux écrivains prennent la relève pour parler d'autres problèmes majeurs, en particulier du problème numéro un : la femme de chez nous.

Inconsciemment, ce thème s'était emparé de moi dans ce roman tout neuf. Et maintenant j'avais grande envie de revenir vers mes sources, ne serait-ce que pour quelques jours. Je fis miroiter ce mirage à Sheena — une occasion rêvée de vivre nos fiançailles à ciel ouvert, et non plus au hasard des rencontres fortuites. Claudine Lemaire m'en dissuada formellement. Je risquais de me retrouver dans une geôle pour le restant de mon existence. Elle me mit au courant de certains faits que les médias passaient sous silence pour raison d'État. Je me surpris à appeler de mes vœux l'émergence massive d'auteurs maghrébins de langue française, les seuls qui seraient capables de former une élite digne de ce nom, et de jeter un pont entre les deux rives de la Méditerranée. Hassan II finirait bien par mourir un jour ; les petits chefs aussi. Resteraient les vieilles idées, ancrées dans l'inconscient collectif. Et c'était cela le plus dur à abattre.

J'écrivis à Abdellatif Laâbi, le directeur de la revue *Souffles*. Il venait de prendre une position très courageuse au sujet du Sahara occidental, riche en phosphates, en désert de sable et en paroles de vent. Il prônait publiquement l'autodétermination des Sahraouis. Je le suppliai de venir en France, toutes affaires cessantes. En France, il trouverait des échos en dépit du « secret défense ». Ma lettre ne lui parvint jamais. Il était déjà en prison. Je publiai un article véhément dans le journal *Le Monde*. Je fus bien le seul. Tous ses confrères l'avaient abandonné, tous les auteurs en herbe qu'il avait contribué à lancer. Je dis : tous. Je pèse mes mots.

La Civilisation, ma mère!... fut bien accueilli par la critique. Il y eut néanmoins des forts en thème qui affirmèrent que la mamma, personnage principal, était ma propre mère. La créatrice de mes jours eût été ravie de ceindre son front de ces lauriers qu'on lui tressait : une femme arabe qui allait au-devant de la civilisation et qui s'intégrait pleinement dans la société occidentale! L'auteur (moi) avait de qui tenir. Le hic, c'est que ma mère ne savait ni lire ni écrire, ni en arabe ni en français ; et les objets emblématiques de la civilisation, elle les *désénervait*, les adaptait à sa nature. La fiction romanesque aurait-elle dépassé la réalité par hasard?

Tahar Ben Jelloun me déclara tout de go qu'il n'aimait pas ce bouquin. Sa mère à lui ne fumait pas, si moderne qu'elle fût. Je sus alors que j'avais touché juste et qu'il s'écoulerait beaucoup de temps avant que le bouquin en question ait droit de cité dans le monde arabe. Qu'avais-je donc écrit de révolutionnaire — sinon donné la parole à cette mamma qui tenait tête à son mari et persuadait les femmes des villes et de la campagne de faire la grève du devoir conjugal pour obtenir leurs droits? Comme ça, froidement et avec le sourire. La panne sèche de la procréation, quoi! Des journalistes de la presse féminine me couvrirent d'éloges ; j'en avais le front moite. Le M.L.F. battait le pavé de France et de Navarre. J'apportais de l'eau maghrébine au moulin de la libération sexuelle. J'étais un féministe islamique, pour tout dire... Une admiratrice m'envoya de Genève une lettre toute chaude. Et sa photo : assez jolie, dans les trente ans. Je la remerciai, lui donnai mon adresse. Elle sonna un soir à ma porte : troisième âge, une solitude profonde.

Membre du jury Renaudot, Francis Ambrière défendit mon livre jusqu'au bout. Je n'eus pas de prix. Pierre Dumayet me consacra une émission en direct. Nous avions bien mangé, bien bu ce soir-là : une daurade marinée dans du pastis, puis cuite au four. Il adorait faire la cuisine. Sa passion était la pêche au gros. Tout au long du dîner, je l'avais entretenu du Canada et des grands lacs. Après le digestif, il m'avait déclaré qu'il songeait à prendre un congé sabbatique pour aller ferrer le saumon et les bonites au Québec. Il en avait l'eau à la bouche. Nous arrivâmes légèrement en retard au studio, légèrement euphoriques. Ce fut une réussite. Sheena m'attendait dans la cabine de la régie. Elle s'essuyait les yeux.

Il n'y eut pas un seul entrefilet dans la presse marocaine. Mr Hugh Harter, professeur émérite à la Wesleyan University, traduisit *La Civilisation, ma mère!...* aux États-Unis. « Traduisit ? me demanda Sheena. *Indeed?* » Le titre lui avait fait plisser le nez : *Mother Comes of Age*, la mère grandit (mûrit, s'émancipe). Elle avait ouvert le volume et tiqué aussitôt. Voici la phrase originale : « Ma mère était là, debout, me regardant à travers deux boules de tendresse noire : ses yeux. » Cela donnait une périphrase édulcorée, où mes mots s'étaient mués en d'autres mots. Et pourquoi donc ? Tout simplement parce que la tendresse ne peut pas être noire. Elle releva plus loin un cas d'espèce des plus jubilatoires : le fer à repasser dont se servait la mamma était en fonte et elle le posait sur les braises du brasero pour le chauffer. Il était devenu un *electric iron* aux USA, un fer électrique en bon français. Elle poursuivit la lecture de l'ouvrage jusqu'à la dernière page, avec des hauts et des bas. Puis elle me dit avec le sourire :

— C'est de l'américain. Ce n'est pas de l'anglais.

C'était au château du Rondon, à Olivet, que la S.A.C.D. mettait à la disposition des auteurs pour trouver l'inspiration ou se reposer. Nous y passâmes une semaine de liberté. Les meubles étaient de style, l'accueil digne de toutes les hospitalités du monde. Il y avait longtemps que je n'avais pas écouté mes os. Nous nous promenions un matin dans le parc du château. C'était la saison des amours sur le lac, où des cygnes ondulaient en des rondes lentes. Le ciel avait l'éclat du vif-argent. Je me sentais en paix, en possession de moi-même.

— C'est curieux, me dit soudain Sheena. Ce n'est pas tout à fait le même texte.

— La traduction? hasardai-je.

— Non. Je parle de ton livre, tel que tu l'as écrit. Tu me l'as d'abord lu, chapitre après chapitre. Et puis tu l'as publié. J'en ai pris connaissance, visuellement. Ce n'est plus la même chose, comprends-tu?

— Je t'écoute. Je suis tout ouïe.

— Il y manque les voix... les voix orales des personnages... Il y manque les silences, les échos. Toi qui as adapté pour la radio des œuvres de Cholokhov, de Hemingway et de Norman Mailer, as-tu songé à adapter ton propre livre? Oh! excuse-moi...

Je la serrai dans mes bras. Joint un peu plus tard au téléphone, le cher Francis Antoine me donna son accord pour un feuilleton en dix épisodes.

Catherine et les enfants étaient partis faire du ski en Savoie. Le colonel Thami Boukhrissi débarqua chez moi un soir à l'improviste. Il avait passé la journée au prytanée de Saint-Cyr-l'École et il devait se rendre le lendemain à l'école militaire interarmes de Coëtquidan. Il m'apprit qu'il était mon beau-frère, l'époux de ma sœur Farida, tu te souviens encore d'elle, Si Driss? Elle avait trois ou quatre ans quand tu as quitté la famille et le pays comment vas-tu la santé est bonne tu as une mine resplendissante voilà des années et des années que tu ne donnes plus signe de vie la maman se porte comme un charme elle est

145

chez nous à Meknès elle a un peu vieilli c'est l'âge elle t'envoie son bonjour et ses bénédictions jusqu'à ton dernier souffle mais elle espère nous espérons tous que tu vivras très longtemps avant que tu n'ailles chez Allah nous procédons tous de lui et nous retournerons tous à lui et dis-moi tu es toujours dans les écritures?... Je lui servis à boire.

La bouteille de whisky était à moitié pleine quand je la débouchai. Elle ne fut plus qu'un cadavre une demi-heure après. Le whisky de contrebande à Ceuta ou Mellila était du tord-boyaux. Il tint remarquablement le coup, vidant son verre d'un trait et le remplissant de nouveau. C'était un homme épais, carré dans ses jugements, en quête d'identité. Sans poser la moindre question, j'en posai plusieurs au cours de la soirée, fragmentées dans des histoires drôles qui eussent fait dresser les cheveux sur la tête d'un Marocain. Sa Majesté avait une qualité primordiale : l'autorité. Et l'autorité était le ciment de notre cher et vieux pays. La gauche n'avait fait que politiquer ; c'est pourquoi elle avait disparu sans presque laisser de traces. Le roi personnifiait la nation millénaire ; il était le passé et l'avenir confondus ; il s'occupait de tout, dans les moindres détails. Il l'avait envoyé en France, lui Boukhrissi, pour avoir des renseignements de première main sur les chars AMX. Le Sahara occidental devait revenir tôt ou tard dans le giron de la patrie, coûte que coûte.

— Et dis-moi, Si Driss : tu ne tournes pas en rond dans ton exil volontaire ?

— Je vais préparer le dîner, colonel.

— Je m'appelle Thami. Je suis ton beau-frère. Non, merci. Je n'ai pas faim.

Il mangea de fort bon appétit.

C'était une pensée jaillissante et fugace, une œuvre qui était en train de se recomposer. C'était comme le portrait d'une jeune femme rayonnante que son créateur effaçait trait après trait, lentement. Et, lentement, il repeignait les mêmes traits, le même visage exactement. Je regardais Sheena. Elle souriait.

— Je vais bientôt partir, me dit-elle.

Je la regardais sans mot dire. Je ne pouvais rien demander de plus que ce que j'avais vécu avec elle tout au long de ces derniers mois. Et je ne voulais rien de plus. J'avais eu tout ce qu'un homme pouvait désirer — je le savais. Je savais aussi que la vie ne faisait que commencer. Elle me dit :

— Je ne te demande rien. Tu n'es pas libre et je suis libre. Je vais partir.

Elle ajouta dans un souffle :

— Je t'attendrai.

La toile que le peintre venait de recréer était lumière sur lumière.

Catherine a demandé le divorce. Je ne me suis pas défendu. Le divorce prononcé, je n'ai pas quitté le domicile conjugal. Je suis resté près de mes enfants. Quatre ans. Quatre ans de vie monacale durant lesquels je n'ai été qu'un écrivain en mal d'inspiration.

Édimbourg. Août 1978. L'équipe de France Culture était à pied d'œuvre. Je pris une longue inspiration et téléphonai à Sheena McCallion. Elle m'avait attendu.

... Build me a boat that can carry two
And both shall cross
My love and I...

Je voudrais tant filmer un jour la musique! La musique naissante et renaissante. Ceci :

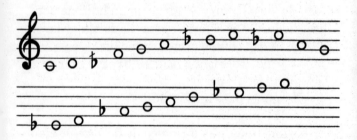

C'est le *Thème du Renouveau,* interprété au luth. Je l'écoute et le vois au plus profond de moi-

148

même. Cela est ainsi : l'artiste installe le luth sur ses genoux en un geste très doux, comme s'il s'agissait d'un enfant endormi. Les cordes, il les effleure pour les réveiller, puis il leur fait donner de la voix, à plein. Et voici : l'instrument devient une âme aussi vivante que l'arbre plein de sève qui lui a jadis donné son bois. Quatre cordes en boyau de chat, tendues à rompre. Placée au centre, la cinquième est un crin de cheval tressé : le bourdon. Naissant à partir de ce bourdon et y revenant à intervalles réguliers, à la fois pour y mourir et en renaître, monte la *langue de la vie*, musicale charnellement ; monte, scande et bat l'alternance du jour et de la nuit, selon le déroulement des saisons, le débit du désir, le flux et le reflux de la mer, la crue du fleuve de mon enfance qui inonde champs et plaines, la crue de l'orgasme qui inonde la femme de la nuque à la plante des pieds, la décrue qui laisse derrière elle la terre comblée de verdure et la femme face à la splendide nudité du monde, le déferlement du vent d'hiver, les mots lavés et débarrassés de leur gangue, la fulgurance des étoiles filantes ; danse la musique, danse et vibre en flots ininterrompus de pulsations sans commencement à l'éternité sans fin. Ceci :

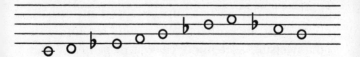

9

Intermède

28 mars 2001. Je fais une pause. Trop d'émotions, trop de cigarettes. Je ne sais pas ce qui se passe dans le monde. Voici longtemps que je n'ai pas ouvert un journal. Le juge Halphen a convoqué Jacques Chirac à titre de témoin dans le dossier des HLM et du financement occulte du RPR. Le Président parle de « forfaiture ». 245 000 ovins ont été abattus et incinérés en Grande-Bretagne. Je vois encore ces immenses troupeaux de moutons en liberté dans les landes des Highlands. Au Proche-Orient, l'abattage des Palestiniens continue. Une image hante ma mémoire : Yasser Arafat bavant littéralement à la vue du chèque que vient de lui remettre le roi Mohammed VI en 1999, à Marrakech. Les taliban ont imposé le port du turban, noir pour les écoliers, blanc pour les étudiants d'université ; les femmes en sont dispensées : elles restent chez elles. Le journal *L'Humanité* frôle le

dépôt de bilan. Lagardère et d'autres groupes financiers volent à son secours. Le Kapital sauvé par le capital... En page économique, un encadré attire mon attention. « Sur 1 000 francs de don au denier de l'Église :

— traitement des prêtres et religieux : 447 francs ;

— formation des séminaristes : 39 francs ;

— catéchèse et animateurs laïcs en pastorale : 136 francs ;

— mouvements et services pastoraux diocésains : 99 francs ;

— charges diocésaines et personnel administratif : 211 francs ;

— communication diocésaine : 38 francs ;

— frais de campagne "denier de l'Église" : 10 francs. »

La grille des mots croisés est aussi pauvre que l'Église. Bourse : après un retour au calme en milieu de matinée, le CAC 40 a accru ses pertes à l'annonce du maintien des taux de la B.C.E. L'Espagne a battu les Bleus 2 à 1 en match amical. J'allume une cigarette et remonte le cours du temps.

1979. Île d'Yeu.

J'avais fait à Sheena une description idyllique de Port-Joinville, tel que je l'avais connu quelque vingt-cinq ans auparavant. Elle s'attendait à découvrir un havre aussi familier que Pittenweem ou Anstruther, un tournoiement de sternes et de mouettes escortant les chalutiers, des quais tapissés de sennes et de filets que remaillaient les pêcheurs. Nous débarquâmes dans une cacophonie métallique d'excavatrices et de marteaux piqueurs. Montée sur un dragueur, une grue raclait le fond du port. Des camions-bennes transportaient cette vase et allaient la déverser de l'autre côté de la jetée par-dessus les rocs et les gravats, là où jadis l'océan avait libre cours et déferlait en vagues géantes jusqu'au seuil des maisons, lors des marées d'équinoxe. La jetée était déviée, prolongée par des blocs de ciment armé. Tout au bout, à cinq cents mètres en amont, on bétonnait un autre phare. La gare maritime avait été transformée en un marché à la criée. Et, juste en face, en sens contraire de la logique des courants, on était en train d'édifier une nouvelle gare à coups de parpaings. Au débarcadère, les chariots et les diables d'autrefois avaient cédé la place à des Fenwick. À main droite, l'objet de ces travaux gigantesques qui défiguraient les souvenirs : un port de plaisance où dansaient déjà des yachts de touristes.

Aimée Carrier était une amie de longue date, médecin de son état. Je l'appelais Ariane. Elle possédait une petite maison rue de la Chartreuse. Elle me la donna en location sans bail, pour un prix modique. Elle n'était pas près de ses sous. Et, moi, je n'en avais guère. J'avais tout laissé à Fontenay-le-Fleury, même mes contrats. La valise en carton qui me servait de bagage et de viatique contenait le strict minimum : du linge de rechange, un nécessaire de toilette et des photos d'antan. Rien d'autre. On ne peut pas être et avoir été. La première chose que je fis, ce fut d'ouvrir un compte en banque. Ma qualité d'écrivain n'était pas de bon aloi. On ne me connaissait pas, je n'avais pas de raison sociale, ni de siret. Ma fortune se montait à huit cents francs. Étais-je inscrit au registre du commerce ? Des artistes de passage faisaient du camping sauvage à la belle saison. Étais-je un artiste désireux de s'installer à l'île d'Yeu ? Et dans ce cas, où étaient mes avis d'imposition des trois années précédentes ? J'eus une inspiration subite : et si la SACD me garantissait jusqu'à une certaine somme ? Monique Marquis, chef du service comptabilité auteurs, donna son accord par téléphone. Le banquier reçut une confirmation par écrit quelques jours plus tard. Il se rasséréna.

État des lieux : une chambre à l'étage, une autre en bas, un escalier en colimaçon entre les deux ; une cuisine réduite à sa plus simple expression, mais il y avait l'eau courante, un robinet au-dessus d'un évier ; un lit, un divan, un placard, un poêle à charbon, une table et deux chaises en formica, quelques ustensiles qui avaient beaucoup servi. Les toilettes étaient au fond du jardin, un arpent envahi à ras de sol par les racines et les radicelles d'une haie drue de buis. De quoi abriter un couple d'amoureux, des jeunes mariés sans souci des basses contingences terrestres. Moi oui. Sheena non. Bien que d'un milieu modeste, elle avait vécu jusqu'à présent dans le confort britannique le plus total. Je lui dis :

— J'ai trop rêvé. Demain nous irons à l'hôtel, en attendant de trouver une autre location.

Elle se jeta à mon cou. Elle me dit :

— Ce n'est pas important. Je suis maintenant ta femme. Je suis heureuse.

Si l'eau prend la couleur du vase qui la contient, l'inverse peut être tout aussi vrai pour peu que l'on fasse preuve d'imagination. Et c'est ce que fit Sheena au cours des jours et des semaines qui suivirent. Lente et irradiante, elle imprima sa personnalité dans cette maison à l'abandon. Elle la transforma en demeure avec des petits riens, au gré de son inspiration. Portes peintes en dégradé du violet soutenu au mauve parme ; murs ornés d'affiches qu'elle avait amassées lors du reportage à travers l'Écosse ; abat-jour en papier de soie tendu sur des lamelles de roseau. Le divan fut recouvert d'un coupon de tweed rapporté de l'île Harris. Lestées de sable, des carapaces de tourteau devenaient des cendriers. Coquillages et galets glanés sur la plage de Saint-Aubin, une étoile de mer minéralisée.

154

Je voulais l'aider. Elle me disait :

— Laisse-moi faire.

Un filet de pêche bleu indigo égaya le plafond de la chambre à coucher. Elle découvrit de la terre arable dans un coin du jardin. Elle y fit pousser du gazon japonais, vivace et multicolore. Elle fit l'acquisition d'un vieux tub pour les ablutions et d'un rouet qui trôna dans la cuisine. Cueillis sur la lande de la côte sauvage, des bouquets de chardons remplirent les vases. Il y avait surtout sa joie, une joie du matin au soir, palpable, indicible. Je n'ai pas à parler ici de notre intimité, ce n'est pas le sujet de mon propos. Toute femme peut aimer, tout homme peut aimer. Qu'il me suffise de dire que Sheena commençait sa vie et que, moi, j'avais le démon de midi.

J'allais souvent à la pêche, non pas tant pour attraper des poissons que pour réfléchir. J'étais heureux au-delà de toute expression et, parce que je l'étais, je m'interrogeais sur l'avenir. Je retrouvais ma canne que j'avais laissée la veille dans une anfractuosité de la falaise. Elle était toute prête. Je ne la démontais jamais. Je fixais à l'hameçon un crabe mou et lançais la ligne droit devant moi. Et puis je calais le bout de la gaule avec une grosse pierre et laissais vagabonder mes pensées. Elles étaient aussi mouvantes que les flots de la marée montante. C'était comme une eau qui se creusait sans cesse et fuyait aussitôt dans l'espace et dans le temps au moment même où je croyais l'atteindre. Je pensais à la France où je vivais depuis la Libération et dans laquelle je m'étais intégré à contre-courant, par l'écriture. Que valait la civilisation occidentale ? Combien de mots et de morts avait-elle coûté dans d'autres pays qui avaient une autre civilisation ? N'était-elle qu'une affirmation issue du doute et barricadée par les frontières de l'incompréhension ? Pourquoi continuer d'écrire et dans quel but et vers quel monde ? Là-bas, sur l'autre rive, les frontières étaient tout aussi imperméables à la circulation des idées. Que signifiait donc la culture en regard de la montée de plus en plus concrète du pouvoir de l'argent ? Dieu était-il mort comme l'affirmait un philosophe ? L'espoir aussi ? Les philosophes de notre temps, ici et maintenant, étaient-ils rentrés dans le rang et n'avaient-ils plus rien à proposer, sinon épiloguer sur l'existence dans le même moule rempli de néant ? « Il faut que tout se tienne puisque le son de l'art tient au son de la chose. Il faut aussi que la vision tienne... » Qu'est-ce que cela voulait dire, nom de Dieu ? Les immigrés continuaient d'être des immigrés et, déjà, de nouveaux exclus de la société faisaient leur apparition, des nationaux de souche. Né à Coblence (Allemagne), Giscard d'Estaing prônait le droit de sol au détriment du droit de sang. Mais il était l'ami intime de Hassan II, un familier de Bokassa et un grand chasseur devant l'Éternel, de surcroît. Le Juif, paria de jadis, était remplacé par un paria d'une nouvelle engeance : l'Arabe. Haro sur le baudet ! Le raïs était mort depuis une dizaine d'années. Il avait bien mérité son nom ici-bas : « Le victorieux » (*Nasser*, en arabe). Les grands de ce monde courtisaient, armaient Saddam Hussein. Le petit roi de Jordanie était le chouchou de ses tuteurs anglais. Israël cultivait religieusement la shoah en guise d'avenir, hostile au siècle des siècles à ses voisins sémites qu'il accusait de tous ses maux. La huitième plaie suppurait en Palestine, bien plus purulente que les sept plaies d'Égypte. Depuis qu'il avait adopté le surnom de Yasser Arafat le combattant de l'OLP portait la même vareuse de soldat et la même *kefieh*. Et il y avait un autre combattant, suprême celui-là : Bourguiba, n'est-ce pas ? Des journalistes parisiens et non des moindres, des ministres, des écrivains académiques voyageaient gratis et en première classe à bord des avions de la RAM, étaient logés comme des princes des mille et une nuits à Marrakech ou à Ifrane, et s'honoraient d'être reçus en audience par notre ami le roi, ce « petit trou du cul » comme l'appelait de Gaulle. Nanti de tous les appétits de croire en quelque chose ou en quelqu'un, un écrivain de ma génération pouvait-il se prévaloir des acquis démocratiques de l'Occident — et vivre, écrire, fonder une famille, simplement en utilisant la plus grande liberté qui soit : le pouvoir de dire non, non à l'Histoire ? Et, dans ce cas, où faire

157

entendre ma voix ? « Faites le bon choix » implorait Giscard d'Estaing. Mais quel était mon choix à moi ?

— Driss, Driss... Le bouchon !...

C'était Sheena. Elle m'avait rejoint, se tenait derrière moi comme l'ombre de ma conscience. Le bouchon frétillait, s'enfonçait dans l'onde mouvante de la mer et de mes pensées. Je levais la canne, ferrais. La plupart du temps, il n'y avait rien au bout de la ligne. Le poisson n'avait pas attendu ma réaction. L'Occident n'allait pas attendre éternellement que le tiers-monde se réveille. Parfois, j'attrapais un tacaud ou un mulet. Un congre à l'occasion, prêt à me mordre. C'était bon signe : l'avenir existait bel et bien. Il n'était pas à espérer. Il était à inventer.

Le receveur des PTT s'appelait Louis Giorgi. Il venait de débarquer à l'île d'Yeu, en provenance du Maroc où pendant de longues années il avait été un « maître de la poste », un *moul bousta*, comme il tint à me le préciser en arabe dialectal le jour où je fis sa connaissance. Il parlait également le berbère, avec un accent corse.

— C'est toi le Marocain ? me demanda-t-il à brûle-pourpoint. J'en suis un autre. Tope là.

Je topai. C'était un homme qui frôlait la soixantaine sans paraître son âge, ossu, sanguin, dans les deux mètres de haut ou peu s'en fallait. Ses lunettes à verres bombés lui donnaient l'air d'un intellectuel sarcastique. Il riait à tout propos et sa voix traversait les murs de son bureau, comme s'il continuait de vivre dans les djebels du Rif. Il connaissait le Maroc profond mieux que moi. Il y était né, y avait grandi. Il avait accompli l'essentiel de sa carrière à Sidi Kacem Bouasriya, ex-Petitjean. Communiste convaincu, il qualifiait Brejnev de « couille molle ». Son maître à penser était le petit père Combes, celui qui bouffait du curé à son petit déjeuner. Selon lui, le Maroc était condamné à demeurer éternellement un pays de contrastes tant qu'on n'aurait pas fait une séparation radicale entre l'Islam et l'État. Mais c'était trop demander à un Ali Yata, secrétaire général du Parti communiste marocain qui cirait les babouches de ce moyenâgeux assis sur son trône ; encore moins à Mahjoubi, le caïd de la Confédération du Travail. Et qu'est-ce que je foutais donc en France ? Il adorait *Le Passé simple* qui circulait sous le manteau.

Il dîna chez nous un soir, de cochonnailles arrosées de gris de Boulaouane, un cru qui était l'apanage de Michel Jobert, ancien ministre de Pompidou. Ses vignobles couvraient des centaines d'hectares dans la province de Meknès, du côté de Oued Roumane. Il émailla la conversation d'anec-dotes en sabir (« C'est du gaélique de chez nous », dit-il à Sheena) et de noms de villages que j'entendais mentionner pour la première fois : Dar Ould Zidouh, Toufnite, Talsinnt, Tanannt, Tleta D-Sidi Bouguedra... C'était un autre Maroc que je découvrais dans mon pays natal. C'était un autre temps qui venait s'ajouter au temps.

— Dis donc, toi, me dit-il le lendemain de sa voix de stentor, en pleine rue. Sheena, c'est bien ta femme ?

— Oui, bien sûr.

— Il y a quelque chose que je ne comprends pas. On est du même âge, toi et moi, à quelques années près. Ma bourgeoise baisse de régime depuis belle lurette. Alors, ta jeunesse, tu l'as achetée au souk ? Et, en plus, elle est amoureuse de toi ! Cela se voit à l'œil nu. Comment tu t'es débrouillé, sacré bougre de Marocain ?

Nous nous étions mariés à Édimbourg, par un matin d'octobre. Une cérémonie très simple, sobre à souhait. Le soleil avait fait son apparition, contrairement à la logique météorologique. Des rayons ambrés, ténus. Si Sheena était émue, c'était à l'intérieur d'elle-même, sans signe apparent sinon un tic involontaire à l'œil gauche. Au moment où je lui passais la bague au doigt, je me surpris en train de réciter mentalement une sourate coranique : « Le soleil et son aura. » L'officier d'état civil me félicita en français. Il me remit un certificat de mariage, moyennant dix livres sterling. Une pension de famille nous accueillit pour notre lune de miel. Nous étions les seuls clients en cette basse saison. Un petit port de pêche paisible au sein de la paix environnante. Sheena faisait parfois tourner son alliance autour de son annulaire, l'embrassait. Nous étions possédés l'un par l'autre. Ce sont des choses qu'il ne faut pas dire. Je les écris en toutes lettres. C'était hier. Et c'est encore aujourd'hui, en dépit des vicissitudes de l'existence.

Il y avait un débarras au fond du jardin, bourré de bric-à-brac jusqu'au plafond. Je le vidai par charretées. Apparut devant mes yeux une cheminée. Je la lavai à grande eau, la récurai, puis la peignis en vieil or. Les murs, je les badigeonnai au lait de chaux. Le plafond aussi. Trois femmes d'un certain âge, célibataires et amies d'enfance, tenaient un magasin de tissus sur le port. Les marins les appelaient « les six fesses ». Elles me cédèrent à bas prix un coupon de drap de couleur criarde. Je fis l'emplette d'une aiguille de tapissier et d'un sac de kapok. Une semaine plus tard, ce fut un divan de chez nous, fabriqué à la diable sans doute, pas tout à fait dans les règles de l'art comme à Fès, mais c'était un divan tout de même. La haie de buis me donna une idée. J'en sciai un scion, l'écorçai, taillai le bout en pointe précédée d'une entaille en biseau. Je me souvenais. Avec un morceau de bois façonné ainsi en crochet, ma mère ouvrageait des tentures. J'en fis autant avec des pelotes de laine. Crochetant, je retrouvais la créatrice de mes jours en retrouvant l'usage de mes mains. Des bûches de cupressus brûlaient péniblement dans l'âtre. Les flammes n'étaient pas bien hautes. Mais c'étaient des bûches. C'était une cheminée. C'était ma chambre marocaine. Assise en tailleur, Sheena plaçait l'un après l'autre des disques de musique arabe sur le plateau de l'électrophone : *Cléopâtre* d'Ahmed Shawqi, *La Chanson du blé* de Mohammed Abdel Wahab, l'orchestre andalou d'Abdelkrim Reïs, *Les Bateliers du Nil*... Son titre préféré était *Le Concerto de l'arbre*, avec Jamil Bachir au luth. C'était également le mien. Tout proche, l'océan toussait tel le Juif errant face à l'immensité de l'éternité. C'était le même océan là-bas, à des milliers de kilomètres au sud. Parfois, une corne de brume déchirait le rêve éveillé. Je me levais tôt et, l'espace d'une aube, je remerciais chaque matin qui m'avait trouvé encore en vie. L'air était embaumé de fragrances de varech. Des chats dodus avaient élu domicile dans le jardin. Je les nourrissais de poisson. À coups de sirène, un bateau demandait l'entrée au port. C'est en ces instants-là que naissait l'imagination aux quatre horizons. Et si le Maroc tout entier était transplanté soudain ici, à l'île d'Yeu ? Et si je prêtais ma plume à un gars de chez nous, un simple flic ? Et si je lui donnais la parole, oralement, et le laissais s'exprimer en toute liberté ? Du coup déraillerait toute la littérature maghrébine vers une autre voie : celle de la non-intellectualité. Avec un peu d'astuce, une caméra pouvait fort bien filmer l'envers du décor. Des séquences de mon reportage en Écosse remontaient dans ma mémoire. Il n'y avait pas de texte au départ, rien d'écrit. Les questions fusaient, Sheena faisait des traductions simultanées en anglais la plupart du temps, mais aussi en *lallans*, le patois des Basses-Terres — et les réponses redevenaient limpides dans la langue de Shakespeare. Je posai un jour mes mains sur ses épaules et lui dis :

— J'ai une idée formidable.

Le titre de mon nouveau bouquin était tout trouvé : *Une enquête au pays*. Un certain inspecteur Ali allait la mener à tombeau ouvert, c'est-à-dire en prenant tout son temps. Pour l'heure, il dormait du sommeil du juste dans la voiture banalisée que conduisait son chef, en suant et en pestant. Sa tête reposait tranquillement sur le tableau de bord. Je riais aux éclats en faisant cliqueter les touches de ma machine à écrire.

— Qu'est-ce qu'il y a, chéri ? demandait Sheena.

— C'est ce ouistiti d inspecteur. Je ne sais pas si je vais continuer.

163

Je tapai dix pages, la valeur d'un chapitre. Et puis j'appelai mon éditeur pour le mettre au courant. Albert Blanchard était en conférence; on ne pouvait pas le déranger. Le lendemain, il était en réunion avec Frison-Roche. Trois jours plus tard, il sortait de son bureau pour aller déjeuner. Sa secrétaire n'allait tout de même pas l'y faire rentrer pour me répondre. L'inspecteur Ali téléphona à ma tête :

— Laisse tomber, me dit-il. De toute façon, ce type ne comprendrait rien à l'humour de chez nous.

J'envoyai les feuillets aux Éditions du Seuil. La réponse ne se fit pas attendre. Jean-Marie Borzeix, le directeur littéraire, était emballé. Il m'adressa un contrat et un chèque. À moi de me débrouiller pour me libérer de mes engagements envers Denoël. Je n'en fis rien. Quand un passé était terminé, il était terminé. Le Prophète Mahomet avait dit : « L'Islam redeviendra l'étranger qu'il a commencé par être. » Et, moi, je redevenais ce que je n'avais cessé d'être : un Marocain.

Aimée Carrier avait un fils qui était à la fois sa force et sa faiblesse. Il avait besoin de subsides. Elle était obligée de vendre la maison où nous habitions depuis un an. Repartant de zéro et d'un passé révolu, je n'avais pas les moyens de l'acheter. Mijo Pillet, gérante de l'agence immobilière de l'Océan, m'en proposa une autre en location avec un bail renouvelable tacitement. Je sautai sur l'occasion d'autant plus que le propriétaire était très loin de l'île d'Yeu, missionnaire au Gabon chez les pères blancs. Trois chambres, un salon, une cuisine tout équipée, un jardin de belles dimensions, chauffage central au fioul et... et une salle de bains digne de ce nom. Sheena ouvrit un robinet et poussa un cri de joie.

— Chéri, il y a de l'eau chaude!

10

Entre, paisible et apaisé! Le jour de l'éternité commence.

C'est en récitant mentalement ce verset coranique que j'entrai dans cette maison située rue du Paradis, à l'île d'Yeu. Je me sentais pousser des ailes dans le dos. Je remisai dans un placard une demi-douzaine de crucifix qui endeuillaient les murs. Il y en avait même un au-dessus de la cuisinière, probablement pour bénir les « tajines » que Sheena allait confectionner au fil des semaines et des mois. À chaque fois elle suivait les recettes, telles qu'elles étaient prescrites dans le manuel de Lalla Latifa Bennani-Smirès, une épicurienne s'il en fut. Le pré-salé mijotait en compagnie de gombos et de citrons confits ; l'arôme de la coriandre se mariait avec ceux du gingembre et du cumin. Fille d'une Écosse sans épices méditerranéennes, Mme Sheena Chraïbi menait à bonne fin — et à bonne faim — ces chefs-d'œuvre d'antan et elle était si heureuse! Mes papilles aussi. (Un professeur de littérature à l'université de Manchester m'avait convié un soir à un couscous préparé en mon honneur par son épouse : du porridge surmonté de choux.)

Le jardin était en friche. Il me donna du fil à retordre, au sens concret du terme. Le bêchant et le râtelant, j'y découvris des fils de fer barbelé, des clous de charpentier rouillés, des effiloches de corde, des morceaux de grillage où avaient prospéré les racines de chiendent. J'avais mal aux reins, mais j'ai toujours aimé la terre et le travail de la terre, son odeur, son renouveau. Ratissant, je ramassais les pierres et les agençais en bordure. Le temps chevauchait le temps, me ramenait vers ma lointaine adolescence, là-bas, dans la ferme d'Aïn Keddid, sur la route côtière d'Al-Jadida. Ce n'était qu'un immense terrain vague quand mon père en avait fait l'acquisition, jonché de cailloux et de ronces. Deux saisons plus tard, c'était un champ de primeurs à perte de vue — un chant vert du vert cru de la vie. Puisée à quelque trente mètres de profondeur par une pompe aspirante et refoulante, l'eau montait remplir une citerne à ciel ouvert d'où elle se déversait bouillonnante dans les sillons. L'homme très vivant qui était alors mon père, et qui dormait à présent sous terre depuis plus de deux décennies, regardait l'eau gorger les plants. Je n'oublierai jamais le visage qu'il avait en ces instants-là : un visage empreint de joie et de paix. Il n'y avait aucun muezzin à l'horizon pour glorifier le nom d'Allah. L'océan Atlantique était tout proche et, vague après vague se couvrant et se renouvelant, il ne chantait que la plénitude de la vie ici-bas.

J'ai longtemps hésité avant de poursuivre ce récit. Dès le début, je me suis imposé un devoir de père : ne pas parler de mes enfants. Mais il m'est impossible de passer sous silence l'arrivée inopinée et dramatique de ma fille Dominique, née de mon premier mariage. Un écrivain n'est pas un être désincarné et la vie est loin d'être un long fleuve tranquille. Dominique avait dix-sept ans d'âge, mais je lui en aurais donné trente ce soir-là, hâve et les pupilles réduites à deux têtes d'épingle. Elle a débarqué chez moi en compagnie d'un copain prénommé Bernard. Ils avaient une démarche chaloupée comme s'ils avaient bu plus que de raison. Ils riaient bêtement, elle surtout. Ils n'avaient pas faim, pas soif, pas sommeil. Ils se sont écroulés sur un lit, tout habillés. Je n'ai pas hésité un iota de seconde. J'ai fouillé leurs sacs de voyage, minutieusement. La poudre contenue dans un sachet en plastique, je l'ai jetée dans les toilettes et j'ai tiré la chasse d'eau par-dessus. Vidé, j'ai brûlé le sachet à la flamme de mon briquet. La seringue, je l'ai réduite en éclats à coups de marteau. L'aiguille, je l'ai mise à la poubelle. J'ai sorti la poubelle jusqu'au coin de la rue. Personne ne m'avait averti. J'étais au-delà de la raison ou de ce qu'on appelle la raison. Les cachets de Témesta découverts dans une chaussette, je les ai enterrés dans le jardin, au pied d'un plant d'artichaut. Et puis j'ai attendu, assis, rigide et sans pensées.

Ils se sont réveillés une heure plus tard, hagards. Bernard est sorti et j'ai entendu des borborygmes et des raclements de gorge à fendre l'âme. Je n'ai pas eu pitié. J'ai soulevé ma fille dans mes bras, je l'ai déshabillée, je l'ai douchée à l'eau froide. Toute nue, elle a voulu rejoindre son copain. J'ai dit non. Chacun dans une chambre, le plus loin possible l'un de l'autre. J'ai fermé la porte de Bernard à double tour. Je n'avais pas quatre mains. Ma fille d'abord! Sheena m'a assisté pendant toute la soirée, en dépit de son cinquième mois de grossesse, sans mot dire. Nous n'avons pas dormi cette nuit-là. Dominique non plus. Elle s'assoupissait, puis se dressait sur son lit, haletante, couverte de sueur. Nous l'épongions à tour de rôle avec des serviettes de bain.

— Un *fix*, papa. Le dernier.

— Non, Dominique.

— Un tout petit, papa. S'il te plaît.

— Non, Dominique.

— Alors un Témesta.

— Non, Dominique. Un verre d'eau.

Elle a fini par s'endormir. Le *Vendée* levait l'ancre à l'aube. J'ai conduit Bernard à la gare maritime, cahin-caha. Je ne sais plus ce que je lui ai dit pour le convaincre de partir. Il est monté à bord. La sirène a retenti entre mer et ciel. Je suis revenu sur mes pas. J'ai téléphoné au Dr Sauteron. Je l'ai rejoint au bar du port où il prenait son petit déjeuner. J'ai bu du café très fort, arrosé d'une goutte de fine Napoléon. Sauteron m'a écouté. Il m'a dit :

— Cela peut marcher, mais c'est risqué. Une coupure brutale peut être dangereuse. Vous jouez avec le feu.

J'ai joué avec le feu. Au cours des jours et des semaines qui ont suivi, je n'ai pas cherché à établir un dialogue avec ma fille. Je ne lui ai posé aucune question, pas la moindre. C'était comme si je venais de la rencontrer et que je me sentais très heureux en sa présence. Pas une seule fois, je ne lui ai dit : « Je t'aime. » Je l'aime au-delà des mots, d'un amour de roc et de feu. Et, parce que je l'aime, je ne lui demande, n'exige d'elle qu'une chose très simple, élémentaire : la fin de la pensée pour que la guérison commence. Je ne suis pas médecin, je le sais. Je ne suis pas infaillible, mais « faillible », vulnérable et réceptif. J'ai besoin de sa jeunesse et de son avenir. De sa force. Chaque fois que se manifeste chez elle la souffrance du

manque, je lui raconte des histoires abracada-
brantes de l'inspecteur Ali, simplement pour faire
dévier ses idées. J'invente au fur et à mesure. À son
chef qui vient de lui poser cette question bête :
« Quelle différence y a-t-il entre un imbécile et
toi ? », l'inspecteur Ali évalue d'un coup d'œil la
distance qui le sépare de son supérieur et répond
sans hésiter : « Oh ! à peine un mètre cinquante. »
Sa femme réclame à cor et à cri une machine à
laver et un wonderbra. « Wonder quoi ? D'accord !
Grimpe. » Il la fait monter dans sa voiture et la
conduit en prison. « Gardez-moi cette bonne
femme sur la paille humide, les gars, le temps que
j'en trouve une autre capable de faire l'amour au
lieu de faire la gueule du matin au soir. » Dominique rit malgré elle et c'est énorme. Je l'entraîne
sur la côte sauvage, là où il y a toujours du vent.
Parfois, je me jette à l'eau, coule dès les premières
brasses. Je n'ai jamais su nager. Cela, elle le sait.
Elle plonge, me ramène sur le rivage. De retour à
la maison, elle me prépare un grog brûlant que je
partage avec elle.

Tôt le matin, je me réveille et la réveille. Une
dure journée nous attend. Nous devons être deux
pour confectionner les deux pâtes des *chabbakiya*,
l'une à base de farine et de levure de boulanger,
l'autre composée de semoule fine, de jaunes d'œuf,
de grains de sésame grillés et moulus, de beurre
fondu, de jus de citron, de cannelle, d'eau de fleur

d'oranger et de gomme arabique. La première doit lever et éclater en bulles, avant de préparer la seconde. Il faut ensuite les mélanger délicatement, intimement, puis pétrir la pâte à la force du poignet et la taper sur la table jusqu'à ce qu'elle devienne élastique.

— Allez, Domi! Tape.

— Je tape.

— Plus fort... encore plus fort.

Pendant ce temps, une casserole de miel tiédit sur un coin de la cuisinière. Il ne faut surtout pas qu'il bouillonne. Ce sont des femmes de chez nous qui réussissent à la perfection les *chabbakiya*. Sheena peut m'aider, bien sûr. Mais elle n'a pas de sang marocain dans les veines. Ma fille, si. N'est-ce pas, Domi?

— Va prendre une douche. Et lave-toi les cheveux. Ils sentent la friture à plein nez, comme chez un marchand de beignets de la médina... Non, Dominique, touche pas à ces gâteaux. Laisse-les refroidir.

— Juste un, pour goûter.

— Tout à l'heure. Va te nettoyer. Je t'attends dans le jardin. J'ai besoin d'un coup de main.

Des journées entières, nous avons biné, sarclé. Par brouettées, nous avons ramassé du varech sur la plage des Roses et nous l'avons réparti entre les rangées de plants en guise d'engrais. Nos mains devenaient de plus en plus calleuses. Le printemps est arrivé. Les fleurs ont éclos. Gorgés de sève, fruits et légumes ont commencé à s'arrondir et à prendre des couleurs. Dominique m'a dit par une fin d'après-midi :

— Je vais partir.

Ses joues avaient un teint de rose, ses yeux étaient deux émeraudes scintillantes. Elle a ajouté d'une petite voix :

— Si tu le permets.

— J'ai confiance en toi.

> (Elle a entrepris des études d'infirmière. Diplômée d'État, elle est allée avec une équipe de Médecins sans frontières dans les pays les plus pauvres de la planète : Érythrée, Haïti, Timor, Namibie, Bangladesh... Aux dernières nouvelles, elle s'est établie à son compte en Provence. Elle est heureuse. Je la remercie d'exister.)

Ce que j'ai pu déconner avec Kacem Basfao! Il était venu m'interviewer entre deux bateaux. Il resta finalement une semaine chez nous. Il avait le temps. Et moi le temps du temps. Il préparait une thèse de doctorat consacrée à mon œuvre, sous la direction de Raymond Jean. Il devait la soutenir à l'université d'Aix-en-Provence. Il avait une trentaine d'années, une moustache digne de celle de l'inspecteur Ali, une tête ronde et des yeux pleins de malice. Mais qui était qui ? Tant que nous évoquâmes notre pays natal, en arabe et en français, il fut très simple, un épicurien épris des bonnes choses de la vie. Ce fut un tout autre homme lorsqu'il aborda (appréhenda) l'objet de sa visite, de ses recherches qui l'occupaient depuis de nombreuses années. Il avait lu et relu mes livres, photocopié les articles de presse chez Denoël, bavardé avec Georges Piroué, consulté des archives à la Bibliothèque nationale et à la bibliothèque de l'Arsenal où avaient atterri les brochures de mes dramatiques et de mes feuilletons radiophoniques. Et qui était qui ? Étais-je le « locuteur » ou le « scripteur » de mes ouvrages ? Écoutais-je le texte avant de le transcrire, à l'instar de Nathalie Sarraute ? Et, dans ce cas, quel était le déplacement (l'itinéraire) de l'ouïe à l'oreille ? Je lui donnai lecture de quelques pages d'*Une enquête au pays* que je venais d'envoyer aux Éditions du Seuil. Ce fut pour lui l'occasion de donner libre cours à sa curiosité intellectuelle, truffée des éventuels non-dits qui étaient restés au fond de mon encrier, des signifiants et des signifiés, voire du *ça* si cher à Freud. Je savais bien que Mme de Sévigné proclamait que la truffe (*tuber melanosporum*) rendait les femmes jolies et les messieurs aimables. Cela, je pouvais l'admettre, le cas échéant. Mais pourquoi diable l'Église considérait-elle ledit tubercule comme un don de sainte Catherine ? Chez nous, il n'y avait pas d'Église,

174

hormis la tartuffade de ce moyenâgeux qui se prenait pour le commandeur des croyants. Et donc d'où pouvait bien provenir ce langage constitué de ratiocinations, d'absconseries et du pire de la crème occidentale que j'écoutais, les yeux ronds, à en perdre mon français ? Ce volapük derridesque serait-il devenu l'expression idoine de l'intelligentsia marocaine ? J'imaginais sans peine la prestation télévisée de l'un de nos ministres :

— ... Oui, disait-il trois quarts d'heure d'horloge après avoir affirmé au début de son laïus qu'il allait être bref... Oui, poursuivait-il imperturbablement dans la forêt des mots modernes, le projet de l'Éducation nationale tel qu'il a été généré par Sa Majesté trouve effectivement sa finalisation dans l'amendement civilisationnel de l'article 2-21 de la loi des finances, effectivement, si l'on considère le paradigme du taux actuariel brut initié par l'article L-237 du code de la Santé, n'est-ce pas, mais...

J'avais pris notre hôte en amitié dès les premiers instants et je ne savais plus en quels termes l'inviter à notre table, ni même comment lui offrir un verre de thé à la menthe, sinon en silence. Aussi lui servis-je un jour un scoop de ma composition :

— Décapuchonne ton stylo et ouvre bien tes oreilles. Prêt ?

La mine grave, je lui racontai par le menu comment j'avais vécu en Israël, dans un kibboutz, muni d'un faux passeport.

— Par Allah! s'exclama-t-il. Je peux en faire état par écrit?

— Tu peux. En voici un autre, de scoop.

Et, de but en blanc, je le mis au courant du roman porno que j'aurais publié sous pseudonyme, dix ans auparavant. En veine d'inspiration, j'en inventai l'intrigue croustillante — et même le titre : *La Fatma au fès rose*. Le bouquin avait été le best-seller des kiosques et m'avait rapporté beaucoup d'argent, sans le moindre articulet dans la presse. Non, je ne pouvais pas lui révéler le pseudonyme en question.

— À toi de trouver, Kacem. Tu es chercheur, n'est-ce pas?

Deux ans plus tard, il obtint son doctorat d'État, avec les félicitations du jury à l'unanimité. Il m'envoya un exemplaire de sa thèse que je pesai sur une balance romaine : 4 kg 200 grammes. Actuellement, il est chef du département de littérature francophone dans une université marocaine. Sa femme française et ses enfants nés en France sont restés de ce côté-ci de la Méditerranée. Il vient les voir pendant les vacances. À l'île d'Yeu, il n'avait pas cessé de se ronger les ongles, au propre et au figuré, partagé entre deux mondes. Il avait fini par rentrer au Maroc. Malgré ses idées de gauche, son père s'était saigné aux quatre veines pour lui payer ses études. Curieusement, ce fut sa thèse qui me fit connaître du grand public de chez nous. Il y avait eu *L'Homme sans qualités* de Robert Musil. Il y avait à présent un homme en chair et en os du nom de Kacem Basfao, un croyant du point de vue de l'incroyant. Il remettait tout en question.

— Et alors, quelles sont les nouvelles?
C'était Daniel Bordigoni. Il est passé en coup de vent, comme à l'accoutumée. Il a bavardé avec Sheena dans la cuisine. Plus exactement, il l'a écoutée plus qu'il ne lui a parlé. S'il a remarqué son état de grossesse, il a pris le temps de manger quelques tranches de saucisson sans pain avant de conclure :
— Bien-bien! Et à part ça?
Il commençait à grisonner, mais son esprit était toujours aussi vif. Une femme encore jeune l'accompagnait, une Suédoise prénommée Monika. Il n'avait d'yeux que pour elle. Je pense à retardement qu'il était venu aussi bien pour me la présenter que pour savoir ce que je devenais. J'étais l'un de ses rares amis et il était mon seul ami véritable. Nous nous étions perdus de vue et il m'avait retrouvé, par l'entremise des Éditions Denoël. Pour lui, c'était suffisant, quelques instants à vivre ensemble à la sauvette, avec une économie de mots. Il m'a fallu une sorte de tire-bouchon pour lui arracher des

embryons de confidences. Il s'était séparé de Suzanne, son épouse, dont j'avais fait la connaissance à Strasbourg. Non, il n'avait pas divorcé. Que signifiait le divorce? Après avoir exercé la psychiatrie à Stefansfeld, puis dans une clinique parisienne, il venait de s'établir comme psychanalyste à Marseille, au Roucas-Blanc. Envisageait-il une liaison durable avec Monika? Réponse : on verra. Et qu'est-ce que c'était ce copain qui n'arrêtait pas d'allumer cigarette après cigarette? Ce n'était pas chic de ma part. Il ne supportait plus l'odeur du tabac. Et qu'est-ce que je foutais dans cette île perdue? Il y avait des maisons sur la Côte d'Azur. Où était mon bureau, mon coin à moi pour travailler? Comment pouvais-je concilier ma vie professionnelle et ma vie privée? Quel était le secret de la formule? J'ai essayé de plaisanter. J'ai dit :

— S'il y avait un secret, je le vendrais.

Il a déniché *L'Aleph* de Borges à la Maison de la presse, chez Riou. Il me l'a offert. Sur le point de partir, il a déposé sur la table une liasse épaisse de billets de banque. J'ai demandé :

— C'est quoi, ça?

— Ta gueule! m'a-t-il répondu. Écris!

Si j'avais été un compatriote de Sa Gracieuse Majesté, j'aurais gardé mon sang-froid et mis l'incident au compte de la *jurisprudentia horribilia*.

Mais j'étais un ressortissant du Royaume chérifien jusqu'à plus ample informé et je sacrai un bon moment dans ma langue maternelle. Les faits étaient simples, très simples. C'est pourquoi ils devinrent compliqués et complexes en regard des lois de la République française et cartésienne. Sheena était citoyenne de Grande-Bretagne, pays membre de l'Union européenne. Mais elle était aussi la femme d'un Marocain. Si elle avait épousé un Français, un Espagnol ou un Italien, tous européens comme elle, on ne lui aurait pas fait valoir les critères définis et hiérarchisés au prorata du règlement et des articles et des alinéas de la loi relative à la nationalité. La pierre d'achoppement, le grain de sable incongru dans les rouages administratifs de l'Europe qui était en train de se construire, c'était moi. Je disposais bien d'une carte de résident privilégié, mais j'étais né sur l'autre rive de la Méditerranée — et donc, mariée avec moi en bonne et due forme, Sheena se trouvait en situation irrégulière sur le territoire français. CQFD. C'est ce qu'on lui expliqua sans ménagement à la mairie de l'île d'Yeu où elle s'était rendue un jour pour réclamer un livret de famille. En conséquence de quoi, elle devait retourner en Écosse et obtenir un visa d'entrée auprès du consulat de France à Édimbourg. Que si l'enfant qu'elle attendait venait à naître en France, il serait légalement considéré comme apatride. Elle but trois ou quatre tasses de thé, puis elle téléphona à l'ambassade de Grande-Bretagne qui lui conseilla de rentrer dans son pays natal en vue de l'accouchement. Le bébé aurait automatiquement la nationalité britannique. Et vive la francophonie !

J'appelai Jean-Marie Borzeix, directeur littéraire aux Éditions du Seuil. Je le mis au courant de cette pièce inédite de Georges Feydau qu'on venait de déterrer. Il se tenait prêt à alerter les rédactions parisiennes. Je lui dis d'attendre quelques jours avant de déclencher le tollé. Et j'écrivis au préfet de la Vendée. Une lettre directe et sans emphase qui commençait par « Cher Monsieur » et se terminait par les salutations d'usage. Oui, j'étais un écrivain de langue française et fier de l'être. Non, je ne connaissais rien de la chose administrative où notre couple anglo-marocain risquait de s'enliser comme des oiseaux de mer dans une marée noire. Il me répondit par retour du courrier. Il me savait gré d'avoir attiré son attention sur ce malencontreux dysfonctionnement. Il donnait des ordres par ampliation afin de régulariser au plus vite la situation de madame votre épouse. Le post-scriptum était rédigé sur une feuille sans en-tête ni cachet. Il m'assurait de son admiration pour *Le Passé simple*, ainsi que pour *Une enquête au pays* qui venait de paraître. Il avait connu le Maroc du Protectorat. Et est-ce que France Culture envisageait de rediffuser ma série « Théâtre noir » ?

J'allumai une cigarette et me mis à rêver. Le for est toujours intérieur, jamais extérieur. Voilà pourquoi j'écris. Je pensais au préfet. Il venait de me tirer d'un mauvais pas. Question posée en mon *for extérieur* : et si j'avais été un Arabe sans qualités? un éboueur ou un technicien de surface par exemple? Qu'est-ce qui me différenciait donc des immigrés, sinon la littérature? La réalité était-elle littéraire? C'est à cette époque qu'un certain Alain Madelin, ministre, lança sa grande opération de charme en direction des Maghrébins. Il leur proposait un million de francs (anciens) s'ils voulaient bien retourner dans leurs pays d'origine. Je rédigeai un article bien senti et je l'adressai au *Monde*. J'étais prêt à regagner ma terre natale. Je n'attendais que ce pactole pour boucler ma valise — je veux dire ma machine à écrire. Une fois revenu chez moi, rien ne m'empêcherait d'envoyer à mon éditeur mes futurs manuscrits et de les publier en France. Je n'eus jamais de réponse. Pourquoi?

La campagne présidentielle battait son plein. Les sondeurs n'étaient pas du même avis ; les sondés non plus. J'achetai des écheveaux de laine et j'entrepris patiemment la confection d'une veste au crochet avec mon bout de bois marocain, en prévision du verdict des urnes. V.G.E., comme on l'appelait familièrement, se présentait à sa propre succession. On déclinait sur tous les tons sa trouvaille digne de la pierre philosophale : « Le changement dans la continuité. » Il s'était invité un soir chez Pivot pour disserter sur Flaubert. Mais je ne savais pas qu'il était mon confrère de plume, *aura sidus adjuvant me*! Son livre *Démocratie française* faisait un tabac, de quoi envoyer au pilon ceux des grands auteurs de ce pays. Je le lus jusqu'au bout et j'en fis un compte rendu au niveau du style que j'adressai au *Monde*. Humoriste à froid, Jacques Fauvet me le renvoya, avec un petit mot : les rubriques littéraires de son journal étaient réservées aux ouvrages littéraires. À l'heure où j'écris ces lignes, j'ignore s'il est encore de ce monde ou s'il m'a précédé dans l'au-delà. Je lui rends hommage. Autres temps, autres mœurs. Les logiciels de l'information n'étaient pas encore inventés.

Soir après soir, je suivais les débats télévisés en faisant du crochet. Parfois, ils étaient à sens unique, à la Jean-Pierre El-Kabbach. Cet homme omniprésent sur les ondes me rappelait quelqu'un que j'avais rencontré un jour dans les bureaux de France Culture. Fraîchement débarqué de Radio-Alger, il était à la recherche d'un rôle. Je n'avais rien à lui proposer. Vingt ans plus tard, le regardant et l'écoutant se démener comme un maître de cérémonie, je me disais qu'il avait raté sa vocation. Il aurait pu se présenter à l'élection présidentielle. Comme Giscard, il connaissait tout et son contraire.

Ce 10 mai 1981, la BBC fut le digne porte-parole de la perfide Albion. Elle diffusa le scoop quelques minutes avant 20 heures, l'instant fatidique. C'était François Mitterrand, le changement sans continuité. Je courus annoncer la bonne nouvelle à Louis Giorgi. Saint Thomas de gauche, il ne voulut pas me croire. Le téléviseur allumé à un mètre devant ses yeux et l'oreille collée au transistor, il attendit la confirmation en français. Et aussitôt il se dressa debout, s'empara de mes mains et m'entraîna dans une farandole endiablée.

— On a ga-gné! On a gagné, putain! Ah! ça ira, ça ira, ça ira...

Il alla tambouriner à la porte de ses voisins, des retraités couche-tôt, le Dr Aimée Carrier, Brigitte, la fille de Jean Lecanuet, l'institutrice Claudine Kerduf, la sœur du curé...

— Réveillez-vous, bonnes gens! L'heure de gloire est arrivée. On a ga-gné! on a ga-gné! Les communistes vont entrer au gouvernement...

Il fit sauter les bouchons; le champagne coula à flots. À flots, c'était la marée montante de la joie et de l'océan tout proche. Thoniers et chalutiers faisaient retentir leurs sirènes. Klaxon bloqué, les quelques voitures de l'île d'Yeu sillonnaient les rues de Port-Joinville, filaient en direction de La Meule et de la pointe du But, pour en revenir démultipliées par les rires et les chants de marins. Je rentrai chez moi tard dans la nuit, transfiguré.

C'était comme si mon pays natal venait de se libérer par la voix des urnes.

Je me réveillai en sursaut, entre deux rêves et deux mondes. Le jour naissait à peine. Louis Giorgi était en train de démolir ma porte à coups de poing.

— ... Téléphone!... On t'appelle d'Édimbourg... Ta femme est en train d'accoucher.

Il me précéda à la poste au pas de charge, composa un numéro de téléphone qu'il avait noté au dos d'une enveloppe, me tendit l'écouteur. Une voix de terroir fit résonner mes tympans.

— *Labour ward, morning.*

J'avais appris quelques mots d'anglais.

— Mrs. Chraïbi, *please.*

— *Who's that?*

— Mrs. Sheena Elizabeth Chraïbi.

— Oh! Mrs. Sheena? *Moment, please.*

Et j'obtins ma femme au bout du fil. Elle n'avait pas beaucoup de temps à me consacrer. Le travail commençait, je ne devais pas m'inquiéter. Elle voulait simplement savoir comment nous allions appeler notre enfant. Je dis instinctivement : Yassin. J'épelai ce prénom dans sa langue maternelle : *waÿ, é, s, s, aî, n,* puis en français : Y-a-s-s-i-n. Deux lettres de l'alphabet arabe, Y et S, qui ouvraient la sourate centrale du Coran et qu'aucun exégète n'avait jamais pu définir. Avant de quitter la poste, j'expédiai un colis au président sortant. Il contenait

184

la veste que j'avais terminée la veille. Puis j'envoyai à François Mitterrand un télégramme de félicitations que je conclus par un désir : devenir un citoyen français comme lui.

Sa réponse fut chaleureuse, manuscrite. Il se souvenait de cette lointaine soirée chez Carmen Tessier. Il me remerciait d'écrire dans la langue de son pays. Ma naturalisation serait prise par décret. Pour les formalités administratives, il me conseillait de m'adresser directement à Jack Lang, comme venait de le faire Milan Kundera.

J'ai gardé quelques lettres de lui. Je ne veux pas les publier, ni ici ni plus tard. Je n'ai pas de *verbatim* à délivrer.

11

Les ombres s'en vont les premières, suivies des rêves de la nuit. Je sors dans le jardin au petit jour. Une fleur est en train de s'ouvrir lentement devant mes yeux. Un œnothère, si ma science des mots est bonne. Dans un instant, l'étourneau qui niche dans le buisson de laurier va donner la première note aux oiseaux d'alentour pour le salut au soleil. De plates-bandes en massifs, d'autres fleurs vont se réveiller et chanter dans le mauve des mauves, dans le rouge vif des hibiscus, le feu des balisiers, la symphonie multicolore des calcéolaires et des phlox. Ma vraie prière est pour elles, pour la terre qui les a enfantées. Le gazouillis de Yassin me parvient, frais comme une source de printemps. Lui répond le contralto voilé de sa mère dans un refrain des Highlands :

   — *... that fought and died for*
Your weebit hill and glen...

Je remercie le nouveau matin qui s'ajoute aux matins précédents et qui m'a trouvé encore en vie. C'est en ces instants-là que germent mes idées de création. Impétueuses, elles éclosent si vite et dans des directions si diverses que je ne sais comment les canaliser ou les retenir, ni même m'en souvenir à l'état brut. Des lambeaux de phrases enchaînées les unes aux autres dont j'ai grand-peine à extraire la substance et le sens ; des pages définitives d'un livre sur Mahomet que je n'ai nullement envisagé d'écrire, fût-ce en imagination ; les dialogues jubilatoires de l'adaptation d'*Une enquête au pays* que m'a demandée récemment Abbas Faraoun, directeur d'une troupe de théâtre à Grenoble ; les facéties de l'inspecteur Ali, personnage fictif, qui se manifeste avec de plus en plus d'insistance et de présence effective et ne demande rien d'autre que de prendre la place de l'auteur qui l'a créé ; des intrigues sans queue ni tête démythifiant le roman policier et ses conventions rigides... Je prends des notes à la sauvette, quand je trouve un crayon et un bout de papier. Très souvent, je n'arrive pas à me relire. Et c'est tant mieux. Je ne suis pas un fonctionnaire de l'écrivanité, à tant de feuillets par jour. Le doute est salutaire. J'ai besoin de douter pour ne pas m'inquiéter. Un disciple de Freud vous expliquera sans doute ce paradoxe. Moi, je ne veux pas.

Grenoble, une saison après. Théâtre de la Marelle, une trentaine de spectateurs. J'occupais un siège. C'était la troisième représentation de ma pièce. On ne leva pas le rideau. Il n'y en avait pas. Le décor du petit village de l'Atlas où se situait l'action était dessiné à la craie sur le plancher. Un spot de discothèque était censé figurer le soleil ardent de juillet, rouge et bleu. Le rôle de Hajja, la vieille femme de la tribu, était tenu par une jeune première guillerette. Quant au personnage principal, l'inspecteur Ali, Abbas Faraoun en donnait une interprétation qui me rappelait vaguement un certain Arturo Ui. Aurait-on par hasard traduit Bertolt Brecht en arabe dialectal, ou plus exactement en sabir ? Je sortis au deuxième acte sans demander mon reste. J'appelai Georges Godebert à la rescousse. Il vint avec son équipe technique et dirigea les comédiens au pied levé. Il eut quelque difficulté à remplacer Abbas Faraoun. Mais c'était un vieux de la vieille, un professionnel doué du sens de la diplomatie. Il lui fit valoir que l'enregistrement allait être diffusé sur les ondes nationales de France Culture. L'argument décisif fut d'ordre sonnant et trébuchant : les droits d'antenne. Abbas Faraoun marchanda, palabra. Il voulait la part du lion. Il obtint en fin de compte ce qu'il méritait légalement : un modeste cachet. Il se répandit en invectives. Cette pièce était son œuvre. Je n'étais qu'un sale Marocain sans foi ni loi, un ressortissant de mon pays féodal et rétrograde.

Sur le chemin du retour, je fis une halte à Paris, le temps de participer à une émission de Radio Soleil. Rachid Boudjedra était parmi les invités. J'avais entendu dire qu'il écrivait d'abord en arabe et qu'il traduisait ensuite en français la version originale. Je lui adressai donc la parole en arabe classique pour m'enquérir de sa santé, de l'Algérie, de la littérature. Il me répondit à chaque fois dans la langue de Voltaire. Pourquoi me faisait-il penser à Richard Bohringer ? Je n'avais nullement l'intention de le piéger, ni même de le juger. Sa voix était venue s'ajouter à celle du passé, *La Répudiation,* par exemple. En veine de confidences, il me dit qu'il trouvait son inspiration dans une grotte, comme Mahomet. Les yeux dans les yeux, il m'affirma que sa prose surpassait en splendeur le style du Coran. Je lui donnai l'accolade en lui souhaitant une bonne santé. De retour chez moi, je fis changer mon numéro de téléphone et le mis sur la liste rouge. Radio-Alger diffusait tous les soirs une émission enthousiasmante, « Le Maghreb des peuples ».

L'Islam de l'ayatollah Khomeiny redevenait l'étranger qu'il avait commencé par être, et le socialisme de François Mitterrand prenait insidieusement des couleurs d'argent. Je ressentais le

189

besoin vital de remonter le cours du temps, le plus loin possible dans le temps, afin de donner une signification charnelle aux mots et de comprendre les temps présents. C'était comme une musique lancinante qui m'appelait du fond de mon passé, celle jamais oubliée de l'Oum-Er-Bia, *La Mère du printemps*. Ici et maintenant, j'entendais encore le clapotis de mon fleuve natal, lent et sourd entre ses rives, tel le sang d'un vieil homme paisible, puis son mugissement à l'embouchure, comme à la sortie d'un cœur. C'est là et nulle part ailleurs que je situais l'action de mon prochain roman, en l'an 680, au moment même où, parti du désert de Tripolitaine à la tête des cavaliers d'Allah, le général Oqba Ibn Nafi allait surgir, messager pur et dur de la religion nouvelle.

Tout était en place : la machine à écrire, une feuille insérée dans le chariot, la rame de papier, l'intrigue conçue de longue date, les personnages prêts à vivre, l'épilogue reliant le septième siècle à cette fin du vingtième siècle. Des pages toutes composées qui se bousculaient dans ma tête. Je n'arrivais pas à écrire la moindre ligne. J'étais dans le désarroi le plus total : je ne savais comment aborder le chapitre central, cette clef de voûte qui maintenait tout l'édifice. Il me semblait illusoire de relater fidèlement l'Histoire. Bien au contraire, je désirais m'échapper de l'Histoire, sujette à caution, pour créer une œuvre personnelle, une fiction capable de donner un contenu émotionnel à la réalité des faits. Et par voie de conséquence, il était impensable de décrire l'arrivée des cavaliers d'Allah telle que l'aurait imaginée un scénariste de Hollywood : les yeux flamboyants et le couteau entre les dents. J'étais prêt à renoncer à cette entreprise périlleuse, prêt à renoncer à mon métier d'écrivain.

Un soir d'entre les soirs, Sheena mit un disque de musique instrumentale arabe sur le plateau de l'électrophone, Omar Naqishbendi au luth solo. Je l'écoutai d'une oreille distraite, tout en dînant sans grand appétit. Et puis j'allai me coucher — pour me relever à deux heures du matin. Je regardai d'un sale œil la page vierge qui semblait me narguer ; j'allai me regarder dans la glace de la salle de bains. J'en ressortis très vite, écœuré par ma propre image, au propre comme au reflet. Je n'avais qu'une hâte : retrouver le sommeil et tout laisser tomber. J'ouvris le placard du salon, pris la bouteille de whisky pur malt, m'en servis un verre plein. Puis un autre. C'était bon. Au quatrième verre, l'Islam coula à flots, comme par enchantement. Mais oui !... bien sûr que oui !... les soldats du général Oqba Ibn Nafi mettaient pied à terre et se dirigeaient en musique vers l'océan Atlantique. *En musique...*

La Grèce fêtait la chute du régime des colonels et le triomphe de la démocratie retrouvée. Ministre socialiste de la Culture, Mélina Mercouri rivalisait d'ingéniosité et de flamboyance avec Jack Lang, son homologue français. Elle invita à Athènes nombre d'écrivains des pays méditerranéens. Tahar Ben Jelloun et moi représentions la littérature maghrébine francophone. Le colloque dura trois jours dans un palace, où logeaient un émir du pétrole et sa suite. Il avait pour thème « L'écrivain et le pouvoir », vaste champ de réflexion. Le but de cette manifestation de haut niveau était de réunir des intellectuels d'horizons différents et de sensibilités diverses, afin qu'ils puissent se connaître mutuellement — et peut-être s'intéresser à des œuvres autres que la leur. Mais on ne peut pas forcer à boire un âne qui n'a pas soif, comme disait un proverbe de chez nous. À l'exception de Danilo Kis, mes confrères débitaient leurs textes respectifs, puis se croisaient les bras. Malaisés, longs comme un jour sans pain, inappétissants étaient les repas pris en commun, même dans un restaurant du Pirée. Pourquoi diable continuaient-ils de se comporter en écrivains, à table ? « L'habitude est une seconde nature », comme l'avait affirmé le sociologue Ibn Khaldoun. Le soir, quelques-uns d'entre eux se demandaient comment ils allaient négocier la nuit qui s'annonçait : prendre un somnifère ou du café très fort pour pondre un chapitre ou deux ? Shakespeare était mort, et avec lui Hamlet qui s'interrogeait déjà sur le dilemme de l'existence.

Le thème proposé tombait à pic. Bien entendu, ils étaient tous contre le pouvoir, de quelque nature que ce soit. Lorsque mon tour vint de prendre la parole, je modifiai joyeusement les données de l'énoncé : « Le pouvoir de l'écrivain ». Je pris en exemple la Bible et le Coran. Personne n'en connaissait les auteurs véritables, de science certaine. Mais bon ! ne légendons pas sur ceux auxquels on les attribuait et qui habitaient au ciel... et venons-en au vif du sujet. Que voilà deux livres qui conditionnaient l'humanité nord-sud depuis des siècles et disposaient du pouvoir de droit divin ! Et donc, à y bien réfléchir, quelle pouvait être la parcelle de pouvoir dévolue à l'écrivain d'aujourd'hui ? et quelle était sa liberté d'expression ? Je m'amusais comme un fou, citant d'autres best-sellers de registres divers, mais qui tous sans exception énonçaient ici ou là la vérité du pouvoir : le *Petit Livre rouge* de Mao, le *Petit Livre vert* de Kadhafi, *Le Défi* de Hassan II. J'appelais de mes vœux la parution du chef-d'œuvre de l'écrivain véritable : un livre blanc, constitué de pages blanches, sans un seul mot. Au lecteur d'y *lire* ce qu'il voudrait, au gré de sa plus grande liberté.

La veille de mon retour en France, Tahar Ben Jelloun voulut m'entraîner à l'ambassade du

Maroc à Athènes, qui organisait une réception en notre honneur à tous deux. Je dis non. Il fit des phrases. Le festin serait grandiose, des mets raffinés de Fès et de Tanger, mon cher Driss. Je dis non. Et, comble d'égards, ajouta-t-il, le roi avait dépêché un émissaire spécial, philosophe de surcroît, qui se réjouissait de faire ma connaissance. C'était l'occasion rêvée... mon exil n'était qu'un malentendu... Je dis non. L'ambassadeur de France me téléphona sur ces entrefaites pour me demander si j'acceptais de dîner en sa compagnie, à la bonne franquette, dans un bistrot du port. Je dis oui. Il avait un esprit acéré et il était friand d'histoires drôles. Il m'en raconta quelques-unes sur le Quai d'Orsay et le président Mitterrand. Je lui en servis d'autres, dignes de l'inspecteur Ali qui, à m'en croire, avait ses entrées au palais de Hassan II et même dans son harem. La femme de l'ambassadeur était luxembourgeoise. Elle avait un teint satiné et de grands yeux d'un bleu très clair. Elle s'appelait Lotte. Je me levai de table et dansai avec elle une csardas, au rythme d'un orchestre qui s'était soudain improvisé dans le feu dionysiaque des vins grecs : un violon et des battements de paumes.

J'appris par la suite que l'ambassadeur en question — Dominique de son prénom — avait été muté au Brésil, en raison de sa langue qu'il ne savait pas tenir dans l'exercice de ses fonctions.

194

Disons diplomatiquement : pour convenances personnelles... Bonjour, Dominique ! Je ne t'oublie pas.

La communauté des radios publiques de langue française avait invité à Montréal une vingtaine d'écrivains, dont l'homme qui est en train de revivre ces joyeux souvenirs. Le thème du séminaire était alléchant : « Le rêve américain » — alléchant de mon point de vue, parce que j'avais décidé de lui en opposer un autre, « Le rêve méditerranéen », gastronomie incluse. On nous logea dans un hôtel quatre-étoiles dénommé *L'Auberge,* verre, acier, air conditionné. C'était dans une autre auberge que j'avais aimé Marie, quinze ans auparavant. Mais je devais composer avec le progrès. Le monsieur de la réception n'avait pas plus de trente ans à vue d'œil, tiré à quatre épingles, impersonnel comme l'exigeait sa fonction. Ses doigts pianotèrent sur le clavier de son ordinateur avec le brio d'un Dinu Lipatti exécutant sur un Steinway la sonate en contre-*ut* de Ludwig van Beethoven.

— Effectivement, monsieur. Radio-Canada a fait une réservation à votre nom. Votre carte de crédit, je vous prie ?

— Pas de carte, répondis-je. Aucun banquier au monde ne consentirait à me faire crédit.

— Ah ! Dans ce cas, je ne pourrai pas vous ouvrir le téléphone.

— Ne l'ouvrez pas.

Il m'octroya une chambre au huitième étage. *Avec mon bouquet de fleurs j'avais l'air d'un con, ma mère!...* chantait naguère Georges Brassens. Avec le petit rectangle de plastique rigide qu'on venait de me remettre en guise de clef, j'avais l'air d'un blédard. Une femme de chambre poussait un chariot le long du couloir. Elle ralentit le pas, s'arrêta à ma hauteur. Elle me dit : « Je peux vous aider ? » Elle avait une voix chaude, un teint de cannelle. Elle inséra le bidule dans une fente de la serrure et la porte s'ouvrit.

— C'est une clef magnétique. Vous ne connaissiez pas ?

Je la remerciai grandement et j'engageai la conversation avec elle, sans poser la moindre question, simplement pour le plaisir. Elle était plus bavarde que moi. Elle reprenait sa salive et son souffle, consultait son bracelet-montre, disait : « Bon! Il faut que je me sauve. J'ai du travail qui m'attend », se dirigeait vers la porte, puis virait sur ses talons. Elle était haïtienne, vivait au Canada depuis trois ans, son époux et ses enfants l'avaient rejointe récemment, un garçon et une fille, c'était un pays d'hospitalité bien que sibérien durant l'hiver, brrr! Bien sûr, elle avait la nostalgie de la terre de ses ancêtres, mais comment vivre dans la misère sans aucun nom, avec Bébé Doc et les Tontons macoutes et les paysans dépossédés de

196

leurs terres et les champs transformés en champs de tir.. De Haïti, je ne connaissais que *Minerai noir,* un livre magnifique et terrible de René Depestre. Elle me dit :

— Ici au moins, on peut être haïtien en toute liberté.

Elle me demanda un soir si j'acceptais de partager un repas avec elle, en famille. Je crus que c'était chez elle, avec son époux et ses gosses. Je me retrouvai dans les sous-sols de l'hôtel, en compagnie des membres prolétariens du personnel, natifs du Zimbabwe, de Côte-d'Ivoire, Bosnie, Sri Lanka, Cap-Vert, Éthiopie, Bangladesh. Il y avait même un couple de Marocains de Béni-Mellal. Jusque tard dans la nuit, nous écoutâmes des cassettes folk de nos pays et nous nous régalâmes à belles dents des reliefs des repas que l'on descendait des suites et des chambres par le monte-charge : des bouteilles de vin à moitié vides, des homards et des langoustes dont il manquait la queue, des petits pains intacts, des pièces montées qui n'avaient plus de crème — ou si peu. La voix de Myriam Makeba répondit à la mélodie nostalgique d'un ukelele, un sitar de l'océan Indien parvenait par moments à faire entendre ses résonances de cuivre au sein du quatuor déchaîné des Nass-Al-Ghiwane. Radiophonique depuis des décennies, mon oreille mixait instantanément ces chants et ces musiques en un fondu enchaîné dans l'espace et le temps. Et si c'était là le rock brut, à l'échelle du tiers-monde?...

Le lendemain matin, je regagnai ma place à la tribune. Un technicien régla mon micro. Je dis : « Bonjour. Il fait beau aujourd'hui. » Et, sans transition aucune, je racontai par le menu à l'assistance la nuit que je venais de vivre ici même, mais en bas, l'envers du décor du rêve américain. Il y eut un silence d'église, puis des applaudissements éclatèrent. Ma prestation ne fut jamais diffusée.

La Mère du printemps venait de paraître. Bertrand Poirot-Delpech lui consacra un papier dans *Le Monde*. Le lisant, j'appris que j'étais berbère. Première nouvelle! J'écrivis à l'aimable critique que ma mère ne m'en avait jamais rien dit. Je ne reçus pas de réponse. Il y avait déjà la fiche signalétique : « la littérature maghrébine d'expression française ». Et voici qu'apparaissait une sous-fiche de sous-groupe : l'écrivain qui mettait en scène les Berbères ne pouvait logiquement être que l'un d'eux. Et c'est ainsi que ma berbérité spécifique entra dans la légende. Aujourd'hui encore, elle figure dans quelques-unes de mes biographies et dans une thèse de doctorat bâtie à chaux et à sable avec des paratextes. Je n'y vois pas d'inconvénient. Mais qu'est-ce à dire? Une appartenance ethnique — voire un patronyme — n'est qu'une étiquette du langage, il me semble. Ce n'est pas une identité. L'identité est ce qui demeure primordial le long d'une existence, jusqu'au dernier souffle : la moelle des os, l'appétit flamboyant des organes, la source qui bat dans la poitrine et irrigue la personne humaine en une multitude de ruisseaux rouges, le désir qui naît en premier et meurt le dernier.

Jack Lang me nomma chevalier des Arts et Lettres. La gauche perdit les élections législatives peu de temps après. François Léotard, nouveau ministre de la Culture ; Philippe Séguin, président de l'Assemblée nationale ; le directeur de cabinet du ministre des Affaires étrangères ; le sénateur-maire de la Loire-Atlantique, le préfet de la Vendée, tous envoyèrent dans un bel ensemble des lettres de félicitations à... Mme Driss Chraïbi.

— Et alors, madame la chevalière lançais-je à Sheena à tout propos, le *Times* n'a pas encore rendu compte de l'événement ? Le *Scotsman* non plus ? Téléphone donc à la seule maman que tu aies au monde : elle va être ravie...

Tables rondes, colloques, symposiums, conférences dans les universités, je ne cessais de voyager d'un pays à l'autre, avec des haltes à l'île d'Yeu où je me ressourçais et faisais le bilan de mes pérégrinations. C'était merveilleux de présenter un passeport français au contrôle de police, au lieu de faire la queue au guichet pointilleux des *other people*, « autres gens ». Le Canada de nouveau, anglophone cette fois : un vol Londres-Vancouver sans escale, douze heures sans fumer, au cours desquelles je pris mon mal en patience et ma patience en mal. Je me résolus en fin de compte à mâcher le tabac d'une cigarette. Cela avait un goût de cendre — ou plus exactement une cendre de goût, de dégoût. Ce fut bien pire aux États-Unis, dix avions, dix villes. Nicotine ou pas nicotine, j'avais hâte de rentrer en France, patrie des droits de l'homme et de la liberté d'expression, droit d'être politiquement incorrect, liberté de faire de l'œil à une jolie fille qui ne demandait que ça, sans être accusé aussitôt de harcèlement sexuel. Les avocats sortaient littéralement du pavé. La bouffe absconse aidant, les débats furent quelque peu surréalistes. Nul ne pouvait ignorer, excepté moi, que la littérature française dans son ensemble était figée depuis belle lurette dans l'esprit parisien. Quant aux écrivains maghrébins, *what's that?* Donald E. Herdeck, mon éditeur américain, ne dépensa pas un dollar en mon honneur. Mon périple avait été organisé par le service culturel du Quai d'Orsay, tous frais payés.

L'École des hautes études commerciales de Lausanne qui s'était probablement trompé d'invité. Les étudiants à Cologne et à Heidelberg qui frappaient leurs pupitres à coups de poing en guise d'applaudissements. La télévision suisse romande pour un petit déjeuner littéraire et substantiel en direct. Les fous rires de la chère et pathétique Marie Cardinal qui vient de mourir. L'innommable soirée avec Lucien Bodard. Des auteurs rencontrés au hasard de mes pas et pris aussitôt en amitié. La découverte du merveilleux Pierre Mertens à Bruxelles, lors de la semaine des « Lieux de mémoire ». Amsterdam pour la générale de *Beschaving is mijn moeder*, adaptation théâtrale en néerlandais de *La Civilisation, ma mère !...* Mon éditeur De Geus me fit visiter Breda et toute la Hollande, musées inclus. Toutes, ou presque toutes, les femmes de ce pays lent et limpide avaient des prénoms de fleurs. Casamayor et l'ouverture de mon horizon aux dimensions du monde. Des tournées successives en Grande-Bretagne où je m'enrichis de l'amitié de Bénédicte Madinier (Institut français de Glasgow) et d'Alain Bourdon (Institut d'Édimbourg) que je retrouvai par la suite au Centre culturel de Casablanca et que j'espère revoir bientôt à Istanbul où il vient d'être nommé pour le plus grand rayonnement des lettres françaises. Myope et réfractaire absolument aux verres correcteurs, sa femme Catherine Chevalier me fit partager sa passion pour les poèmes de René Char. La chambre de la reine Victoria à Cambridge où les autorités de Trinity College me logèrent trois nuits, en *honorary guest*. Le lit royal était bien trop petit pour mes longues jambes.

L'Italie surtout, où je me rendis en maintes occasions. Oh! non, pas celle des palais et des monuments ni même celle de Stendhal, mais l'Italie des Italiens, fils de leur terre et de leurs œuvres. Castel Magra Nuovo, un village de quelque mille âmes, avait invité des intellectuels et des artistes de divers horizons autour d'un thème convivial : culture et gastronomie. Il joignait l'utile à l'agréable dans une cave voûtée, une *vinoteca* agrémentée de vénérables bouteilles et de vieux manuscrits dont certains remontaient à l'apogée de la civilisation arabe. Je pensais à El-Jadida, ma ville natale, soixante-dix mille habitants, avec en tout et pour tout la citerne portugaise qui avait inspiré Orson Welles en mal d'Elseneur — mais quelle gloire pour le pays! Ce fut ensuite Vintimille, puis Pise, Milan (bonjour, Marco Zapparoli!), Sienne, Parme, Florence, Rome (bonjour, la RAI!), Bologne (bonjour, Chiara Gnocchi!), Genova, Mandova, Perugia, des serres et des serres de fleurs, jamais fanées, le long des routes côtières; les temps présents qui prenaient source dans l'Histoire et se renouvelaient sans cesse comme les vagues océaniques de la vie. Je dormis un jour dans un champ, paisiblement, à même l'herbe, à la périphérie de la ville d'Imola où vrombissaient les bolides de Formule 1. C'était bon, la terre. La terre des hommes.

12

Et ce fut le retour dans ma terre natale, après
vingt-cinq ans d'absence. Trois semaines durant,
ce fut le délire sans discontinuer, de Tanger à
Agadir. Michel Chodkiewicz qui fit quelques
étapes avec moi me dit un jour : « Il est temps de
rentrer en France. Vous faites de l'ombre au roi. »
Idole, moi, par la simple vertu d'un livre écrit voici
longtemps et qui continuait à casser la baraque ?
Disons que l'espérance de mes jeunes compatriotes était infinie parce qu'elle tournait à vide.
Pour eux, j'étais une bouée de sauvetage, un courant d'air venu d'outre-Méditerranée. Mais ils
n'osaient pas exprimer clairement leurs pensées.
Moi non plus, qui restais en deçà de mes écrits.
Dans la plupart des amphithéâtres, il y avait
quelques étudiants que j'avais déjà vus. Peut-être
des assidus ? Ils étaient trop civils pour être vrais.
Des flics. Je pris la ferme décision de lâcher la bride
au personnage qui me hantait : l'inspecteur Ali.

Pourquoi ne pas lui donner la parole à ras de police et, par voie de conséquence, faire dérailler la littérature maghrébine? Certains de mes confrères faisaient leur beurre et leurs épinards avec l'*orientalomania* exotique que l'on attendait d'eux. L'accueil à mon arrivée à l'aéroport Mohammed-V avait été princier, quasi officiel — ainsi que je l'ai raconté au début de ce récit. On ne déroula pas le tapis rouge lors de mon départ. Policiers et douaniers appliquèrent le règlement avec zèle. Des mots incongrus avaient sans doute franchi mes lèvres, en dépit de mes précautions oratoires.

Nordine Saïl me fit revenir au pays trois mois plus tard, avec un contrat qui m'assurait une certaine protection, voire des égards, puisqu'il émanait de la RTM, la télévision marocaine aux ordres de Driss Basri, ministre de l'Intérieur et de l'Information. Directeur des programmes, j'avais fait la connaissance de Saïl au sortir d'une prestation à bâtons rompus qui avait pour objectif de montrer par l'image la démocratie culturelle du pouvoir. L'homme me plut d'emblée. Il était l'intégrité personnifiée dans un monde de ronds de jambe et de crocs en jambe. Et il l'est resté à ma connaissance, même après avoir été nommé par la suite P.-D.G. de la chaîne 2M. Petit, maigre, dès qu'il entrait dans une pièce il l'emplissait de sa seule présence. Et c'était un enchantement dès qu'il ouvrait la bouche, tant sa culture était vaste. Il

s'en excusait presque. Je lui demandai un jour :
« Qu'est-ce que tu fous là ? » Et il me répondit :
« J'occupe une petite place. » Son bureau était
minuscule, autant dire un réduit. C'était un professionnel de l'audiovisuel. Avec des moyens très
limités et sans soulever de vagues, il ramait à
contre-courant des idées reçues. C'est pourquoi
il me confia amicalement la réalisation d'un docu-
mentaire de 52 minutes sur le Maroc, à travers
mon regard d'écrivain. Une gageure en quelque
sorte.

Le tournage au pays ne devait pas excéder trois
semaines. Il dura à peine un an et demi. C'est-
à-dire que le temps retrouvait sa fonction pleine
et entière, selon la théorie einsteinienne de la rela-
tivité ; que le vendredi était le jour de la prière et le
dimanche celui de la grasse matinée et du repos
syndical ; que l'anniversaire du roi était aussi sacré
que la fête du trône, la fête de l'Indépendance et la
commémoration de la Marche verte ; qu'il fallait
respecter à la lettre le jeûne du mois de ramadan,
ainsi que l'Aïd Seghir, l'Aïd El-Kébir et le Mouloud ; que la Betacam pesait treize kilos et qu'on
avait intérêt à ménager l'omoplate et la clavicule
gauches du cadreur qui la portait sur l'épaule.
Bien sûr, nous disposions d'un trépied, mais il
était à l'abri dans le coffre de la voiture. Le cadreur
avait fait le pèlerinage à La Mecque. Je l'appelais
donc *hadj*. Il mesurait un mètre quatre-vingts, ce

qui posait un problème technique. Oui, j'avais emmené avec moi mon fils Yassin, cinq ans, cent cinq centimètres. Ce n'était pas moi qui découvrais le Maroc, mais lui. C'était son regard d'enfant.

— Hadj, disais-je jour après jour au cameraman, baisse-toi, s'il te plaît. Plus bas, encore plus bas. Mets-toi à son niveau.

— Mais il ne parle pas.

— Non, il ne parle pas. Il regarde.

— Il n'y a pas de texte alors ? s'étonnait le hadj.

— Pas tout de suite. Plus tard, en voix *off*.

Les cassettes vidéo avaient jadis été vierges. Et il n'y avait pas de moniteur. J'emmagasinais donc dans ma tête les prises de vues, avec l'espoir qu'elles ne seraient pas effacées inconsidérément par des enregistrements ultérieurs. Abdelmajid était ingénieur du son. C'est du moins ce qui était imprimé sur le badge qu'il portait en pendentif. Il me fit remarquer qu'il allait ranger son matériel et se croiser les bras, puisqu'il n'y avait pas de dialogues ou de chansons à enregistrer.

Je lui dis :

— Il y a l'ambiance. Le murmure d'une source par exemple, un pépiement d'oiseau, le ressac de la mer, le souffle d'une brise dans un champ de blé.

— C'est important ?

— Très.

Le matériel en question était singulier : un micro, un seul. Je m'empressai de le recouvrir avec une chaussette afin qu'il cesse de chuinter au moindre courant d'air. Le troisième membre de l'équipe était le régisseur. Ce qu'il régissait, il ne le savait pas lui-même. Il était là avec nous, bien dans sa peau, en vacances tous frais payés. Pourquoi remettre au lendemain ce qu'on pouvait faire le surlendemain ? On n'était pas des Français, nous autres. À Khouribga, il dragua une jeune femme dans le hall d'un hôtel. La main sur le cœur, il lui récita un poème populaire qui détaillait en termes crus ce qu'un mâle comme lui ferait avec une gazelle comme elle. Il monta avec elle dans l'ascenseur, força la porte de sa chambre et se retrouva en prison. La gazelle était un officier de police. Le gouverneur de la province m'avait reçu la veille à déjeuner. Je me rendis chez lui et usai beaucoup de salive pour faire libérer le poète.

Le chauffeur s'appelait Matar. C'était l'homme clé de la situation. Qui pouvait mettre en doute ses responsabilités écrasantes ? Non seulement on lui avait confié en haut lieu cette Citroën CX dernier modèle dont il écrasait l'accélérateur par à-coups triomphants, mais il avait en plus charge d'âmes, les techniciens entassés sur la banquette arrière et moi devant à la place du mort, à tout seigneur tout honneur. Lui seul avait les pleins pouvoirs de faire le plein d'essence dans les stations-service agréées, Total ou Elf, mais pas Shell dont le carburant n'était pas de bonne qualité. Il lui fallait ensuite lire et signer le reçu en triple exemplaire que lui remettait le pompiste. Il était analphabète. On se dévouait pour lui à tour de rôle. Qui donc pouvait authentifier sa signature au siège de la RTM ?

Je me levais à l'aube pour capter une certaine couleur du ciel ou de la terre. Il me fallait attendre. Le hadj faisait sa prière en ajoutant du temps au temps ; le preneur de son avait souvent la migraine (la gueule de bois) et confiait son âme à Allah et à l'Alka-Seltzer ; Abdelmajid n'avait pas fermé l'œil de la nuit et récupérait tant bien que mal. Quant au chauffeur, on le voyait apparaître tranquillement, lui et sa voiture, au milieu de la matinée. Il revenait de la médina, la panse réjouie par les bonnes choses de la vie : beignets, figues de Barbarie, petit-lait fermenté, thé vert à la *chiba*. Il n'aimait pas trop les petits déjeuners servis à l'hôtel. Méridienne dans le sud de la France, la sieste marocaine durait parfois jusqu'aux premières ombres du crépuscule. Il fallait bien s'étendre et se détendre pour digérer. Et puis il faisait trop chaud. Habitué depuis sa naissance à une structure qui régissait le jour et la nuit, Yassin devenait de plus en plus nerveux. Je le mis dans le premier avion en partance pour la France et téléphonai à Sheena pour le réceptionner à l'aéroport de Marseille-Marignane.

Un an et quelques mois plus tard, après avoir parcouru mon pays en tous sens, il se posa une question algébrique : le montage des rushes. Il y avait bien une cabine perfectionnée au siège de la RTM, mais elle était réservée exclusivement aux audiences du roi, à ses faits et gestes quotidiens et à ses *hadiths*... Plus petite, la deuxième cabine de montage était presque constamment occupée par un spécialiste des ciseaux. Les sourcils froncés, il coupait allégrement les seins licencieux, les baisers d'amoureux, une séquence suspecte. Si je pouvais accéder à cette cabine, c'était au milieu de la nuit, et les vigiles dormaient à poings fermés. Je rentrai en France, bronzé, grossi, le cerveau ramolli. Je pensais à *Naissance à l'aube*, qui avait paru entre-temps et dont le héros, le général marocain Tariq Bnou Ziyyad, s'était lancé à la conquête de l'Andalousie, en l'an 711. Je pensais à *L'Homme du livre* (Mahomet) en gestation depuis longtemps et qui ne verrait sans doute le jour que dans un pays non musulman...

Au cours des années qui suivirent, je ne sais combien de fois je suis retourné au Maroc, pour en repartir presque aussitôt. L'exil est un royaume. Nombre de mes jeunes compatriotes ne rêvent que d'émigrer vers d'autres horizons. *Fuir, là-bas fuir ! Je sens que des oiseaux sont ivres d'être parmi l'écume inconnue et les cieux,* chantait Stéphane Mallarmé, l'un de mes poètes préférés. J'appelle exil l'ouverture à l'Autre, le besoin de se renouveler et de se remettre en question. Les certitudes sont autant de prisons. C'est en solitaire, hors chapelle, et en plein doute que j'ai publié une vingtaine d'ouvrages. Je n'ai pas à les juger. Je n'ai pas à me vendre. Ce que je sais, c'est que je n'ai jamais écrit pour gagner de l'argent. Au terme de ce qu'on appelle une carrière littéraire, je ne possède rien, ni maison ni voiture. Je ne sais pas conduire d'ailleurs, même après cinquante heures de cours dans une auto-école. Ma part d'héritage (ferme, immeubles, entreprises de transport), je ne m'en suis pas occupé depuis la mort de mon père en 1957. Mes frères et mes sœurs l'ont liquidé à l'envi. Tant mieux pour eux! Pourquoi revenir en arrière?

Bien des propositions m'ont été faites au fil des ans, officieuses et officielles. Chaque fois, j'ai fait l'âne pour les décliner. Je n'aime ni la gloire ni les honneurs. Pourquoi refermer mon horizon? Il s'est ouvert un jour et n'a cessé de s'élargir, pour ma plus grande liberté. *Un coup de dés jamais n'abolira le hasard*, disait Mallarmé. C'est vrai. Le hasard a décidé un jour de me faire vivre à la croisée de deux chemins : celui de mon monde d'origine et celui de l'Occident. Peut-être le chemin de l'espace finira-t-il par rejoindre celui du temps. Je l'espère tout au moins.

J'ai fait la connaissance de Mohammed VI lors de son voyage officiel en France. C'était dans un salon de l'Élysée. À un certain moment, il a dit à Jacques Chirac : « Vous permettez que je partage le cendrier avec Si Driss ? » Nous avons fumé en paix. Nous avons bavardé une dizaine de minutes sans protocole ni salamalecs. Il a été d'accord avec moi : les idées sont archaïques dans notre pays peuplé en grande partie de jeunes. Je l'ai trouvé simple et direct. Très vulnérable. Je le lui ai dit. Je lui ai souhaité longue vie et il m'a remercié. Je ne voulais rien, sinon continuer à rêver. Bonjour le renouveau !

Le vingtième siècle s'est enfin achevé. Il y a eu trop de morts de par le monde : d'hommes, d'idéologies, d'illusions et de religions. La créatrice de mes jours repose dans un petit mausolée aux murs blancs, face à l'océan Atlantique. Je m'y suis recueilli récemment et j'ai retrouvé les mots de mon enfance, alors tout était à découvrir, à espérer et à aimer. J'ai visité la maison familiale où elle m'a donné le jour voici trois quarts de siècle. Elle est à l'abandon. Je me suis rendu dans tous les lieux de ma mémoire, au Maroc, en France et ailleurs, partout où j'ai vécu et rêvé. Le soir tombe ici ou là-bas. Du ciel perlent les étoiles, peignant du vert de l'espoir la mort et les années écoulées. Chaque étoile dans le ciel est une larme, une âme. Et toutes sont mes larmes, des parcelles de mon âme. Toutes m'ont parlé avec le langage des origines, avec la langue du poème. Lentement, le poème est devenu une musique. Un à un, j'ai pris par la main puis dans mes bras tous les êtres et toutes les choses que j'ai aimés et qui ont disparu. Et j'ai dansé avec eux sous le ciel vert, valsé, valsé en une valse lente, très lente, de plus en plus lente jusqu'à l'immobilité. La vie continue. Bonjour la vie !

Driss Chraïbi est né en 1926 à El-Jadida. Après des études secondaires à Casablanca, il fait des études de chimie en France où il s'installe en 1945. À l'âge de vingt-huit ans, il publie *Le passé simple*, qui fait l'effet d'une véritable bombe. Avec une rare violence, il projetait le roman maghrébin d'expression française vers des thèmes majeurs : poids de l'islam, condition féminine dans la société arabe, identité culturelle, conflit des civilisations. Enseignant, producteur à la radio, l'écrivain devient peu à peu un « classique ». Son œuvre, abondante et variée (romans historiques, policiers, etc.), est marquée par un humour féroce et une grande liberté de ton.

COLLECTION FOLIO

Dernières parutions

4140. Zeruya Shalev   *Vie amoureuse.*
4141. Frédéric Vitoux   *La vie de Céline.*
4142. Fédor Dostoïevski   *Les Pauvres Gens.*
4143. Ray Bradbury   *Meurtres en douceur.*
4144. Carlos Castaneda   *Stopper-le-monde.*
4145. Confucius   *Entretiens.*
4146. Didier Daeninckx   *Ceinture rouge.*
4147. William Faulkner   *Le Caïd.*
4148. Gandhi   *La voie de la non-violence.*
4149. Guy de Maupassant   *Le Verrou et autres contes grivois.*
4150. D. A. F. de Sade   *La Philosophie dans le boudoir.*
4151. Italo Svevo   *L'assassinat de la Via Belpoggio.*
4152. Laurence Cossé   *Le 31 du mois d'août.*
4153. Benoît Duteurtre   *Service clientèle.*
4154. Christine Jordis   *Bali, Java, en rêvant.*
4155. Milan Kundera   *L'ignorance.*
4156. Jean-Marie Laclavetine   *Train de vies.*
4157. Paolo Lins   *La Cité de Dieu.*
4158. Ian McEwan   *Expiation.*
4159. Pierre Péju   *La vie courante.*
4160. Michael Turner   *Le Poème pornographe.*
4161. Mario Vargas Llosa   *Le Paradis — un peu plus loin.*
4162. Martin Amis   *Expérience.*
4163. Pierre Autin-Grenier   *Les radis bleus.*
4164. Isaac Babel   *Mes premiers honoraires.*
4165. Michel Braudeau   *Retour à Miranda.*
4166. Tracy Chevalier   *La Dame à la Licorne.*
4167. Marie Darrieussecq   *White.*
4168. Carlos Fuentes   *L'instinct d'Inez.*
4169. Joanne Harris   *Voleurs de plage.*
4170. Régis Jauffret   *univers, univers.*
4171. Philippe Labro   *Un Américain peu tranquille.*
4172. Ludmila Oulitskaïa   *Les pauvres parents.*

4173. Daniel Pennac — *Le dictateur et le hamac.*
4174. Alice Steinbach — *Un matin je suis partie.*
4175. Jules Verne — *Vingt mille lieues sous les mers.*
4176. Jules Verne — *Aventures du capitaine Hatteras.*
4177. Emily Brontë — *Hurlevent.*
4178. Philippe Djian — *Frictions.*
4179. Éric Fottorino — *Rochelle.*
4180. Christian Giudicelli — *Fragments tunisiens.*
4181. Serge Joncour — *U.V.*
4182. Philippe Le Guillou — *Livres des guerriers d'or.*
4183. David McNeil — *Quelques pas dans les pas d'un ange.*
4184. Patrick Modiano — *Accident nocturne.*
4185. Amos Oz — *Seule la mer.*
4186. Jean-Noël Pancrazi — *Tout est passé si vite.*
4187. Danièle Sallenave — *La vie fantôme.*
4188. Danièle Sallenave — *D'amour.*
4189. Philippe Sollers — *Illuminations.*
4190. Henry James — *La Source sacrée.*
4191. Collectif — *«Mourir pour toi».*
4192. Hans Christian Andersen — *L'elfe de la rose et autres contes du jardin.*
4193. Épictète — *De la liberté précédé de De la profession de Cynique.*
4194. Ernest Hemingway — *Histoire naturelle des morts et autres nouvelles.*
4195. Panaït Istrati — *Mes départs.*
4196. H. P. Lovecraft — *La peur qui rôde et autres nouvelles.*
4197. Stendhal — *Féder ou Le Mari d'argent.*
4198. Junichirô Tanizaki — *Le meurtre d'O-Tsuya.*
4199. Léon Tolstoï — *Le réveillon du jeune tsar et autres contes.*
4200. Oscar Wilde — *La Ballade de la geôle de Reading.*
4201. Collectif — *Témoins de Sartre.*
4202. Balzac — *Le Chef-d'œuvre inconnu.*
4203. George Sand — *François le Champi.*

4204. Constant   *Adolphe. Le Cahier rouge. Cécile.*

4205. Flaubert   *Salammbô.*

4206. Rudyard Kipling   *Kim.*

4207. Flaubert   *L'Éducation sentimentale.*

4208. Olivier Barrot/
Bernard Rapp   *Lettres anglaises.*

4209. Pierre Charras   *Dix-neuf secondes.*

4210. Raphaël Confiant   *La panse du chacal.*

4211. Erri De Luca   *Le contraire de un.*

4212. Philippe Delerm   *La sieste assassinée.*

4213. Angela Huth   *Amour et désolation.*

4214. Alexandre Jardin   *Les Coloriés.*

4215. Pierre Magnan   *Apprenti.*

4216. Arto Paasilinna   *Petits suicides entre amis.*

4217. Alix de Saint-André   *Ma Nanie,*

4218. Patrick Lapeyre   *L'homme-sœur.*

4219. Gérard de Nerval   *Les Filles du feu.*

4220. Anonyme   *La Chanson de Roland.*

4221. Maryse Condé   *Histoire de la femme cannibale.*

4222. Didier Daeninckx   *Main courante* et *Autres lieux.*

4223. Caroline Lamarche   *Carnets d'une soumise de province.*

4224. Alice McDermott   *L'arbre à sucettes.*

4225. Richard Millet   *Ma vie parmi les ombres.*

4226. Laure Murat   *Passage de l'Odéon.*

4227. Pierre Pelot   *C'est ainsi que les hommes vivent.*

4228. Nathalie Rheims   *L'ange de la dernière heure.*

4229. Gilles Rozier   *Un amour sans résistance.*

4230. Jean-Claude Rufin   *Globalia.*

4231. Dai Sijie   *Le complexe de Di.*

4232. Yasmina Traboulsi   *Les enfants de la Place.*

4233. Martin Winckler   *La Maladie de Sachs.*

4234. Cees Nooteboom   *Le matelot sans lèvres.*

4235. Alexandre Dumas   *Le Chevalier de Maison-Rouge.*

4236. Hector Bianciotti   *La nostalgie de la maison de Dieu.*

4237. Daniel Boulanger   *Tombeau d'Héraldine.*

4238. Pierre Clémenti   *Quelques messages personnels.*

4239. Thomas Gunzig   *Le plus petit zoo du monde.*
4240. Marc Petit   *L'équation de Kolmogoroff.*
4241. Jean Rouaud   *L'invention de l'auteur.*
4242. Julian Barnes   *Quelque chose à déclarer.*
4243. Nerval   *Aurélia.*
4244. Christian Bobin   *Louise Amour.*
4245. Mark Z. Danielewski   *Les Lettres de Pelafina.*
4246. Marthe et
      Philippe Delerm   *Le miroir de ma mère.*
4247. Michel Déon   *La chambre de ton père.*
4248. David Foenkinos   *Le potentiel érotique de ma
                             femme.*
4249. Éric Fottorino   *Caresse de rouge.*
4250. J.M.G. Le Clézio   *L'Africain.*
4251. Gilles Leroy   *Grandir.*
4252. Jean d'Ormesson   *Une autre histoire de la littéra-
                             ture française, I.*
4253. Jean d'Ormesson   *Une autre histoire de la littéra-
                             ture française, II.*
4254. Jean d'Ormesson   *Et toi mon cœur pourquoi bats-
                             tu.*
4255. Robert Burton   *Anatomie de la mélancolie.*
4256. Corneille   *Cinna.*
4257. Lewis Carroll   *Alice au pays des merveilles.*
4258. Antoine Audouard   *La peau à l'envers.*
4259. Collectif   *Mémoires de la mer.*
4260. Collectif   *Aventuriers du monde.*
4261. Catherine Cusset   *Amours transversales.*
4262. A. Corréard
      et H. Savigny   *Relation du naufrage de la fré-
                             gate la* Méduse.
4263. Lian Hearn   *Le clan des Otori, III : La clarté
                             de la lune.*
4264. Philippe Labro   *Tomber sept fois, se relever huit.*
4265. Amos Oz   *Une histoire d'amour et de ténè-
                             bres.*
4266. Michel Quint   *Et mon mal est délicieux.*
4267. Bernard Simonay   *Moïse le pharaon rebelle.*
4268. Denis Tillinac   *Incertains désirs.*
4269. Raoul Vaneigem   *Le chevalier, la dame, le diable
                             et la mort.*

4270. Anne Wiazemsky — *Je m'appelle Élisabeth.*
4271. Martin Winckler — *Plumes d'Ange.*
4272. Collectif — *Anthologie de la littérature latine.*
4273. Miguel de Cervantes — *La petite Gitane.*
4274. Collectif — *«Dansons autour du chaudron».*
4275. Gilbert Keeith Chesterton — *Trois enquêtes du Père Brown.*
4276. Francis Scott Fitzgerald — *Une vie parfaite* suivi de *L'accordeur.*
4277. Jean Giono — *Prélude de Pan* et autres nouvelles.
4278. Katherine Mansfield — *Mariage à la mode* précédé de *La Baie.*
4279. Pierre Michon — *Vie du père Foucault — Vie de Georges Bandy.*
4280. Flannery O'Connor — *Un heureux événement* suivi de *La Personne Déplacée.*
4281. Chantal Pelletier — *Intimités* et autres nouvelles.
4282. Léonard de Vinci — *Prophéties* précédé de *Philosophie et aphorismes.*
4283. Tonino Benacquista — *Malavita.*
4284. Clémence Boulouque — *Sujets libres.*
4285. Christian Chaix — *Nitocris, reine d'Égypte T. 1.*
4286. Christian Chaix — *Nitocris, reine d'Égypte T. 2.*
4287. Didier Daeninckx — *Le dernier guérillero.*
4288. Chahdortt Djavann — *Je viens d'ailleurs.*
4289. Marie Ferranti — *La chasse de nuit.*
4290. Michael Frayn — *Espions.*
4291. Yann Martel — *L'Histoire de Pi.*
4292. Harry Mulisch — *Siegfried. Une idylle noire.*
4293. Ch. de Portzamparc/ Philippe Sollers — *Voir Écrire.*
4294. J.-B. Pontalis — *Traversée des ombres.*
4295. Gilbert Sinoué — *Akhenaton, le dieu maudit.*
4296. Romain Gary — *L'affaire homme.*
4297. Sempé/Suskind — *L'histoire de Monsieur Sommer.*
4298. Sempé/Modiano — *Catherine Certitude.*
4299. Pouchkine — *La Fille du capitaine.*
4300. Jacques Drillon — *Face à face.*
4301. Pascale Kramer — *Retour d'Uruguay.*
4302. Yukio Mishima — *Une matinée d'amour pur.*

4303. Michel Schneider   *Maman.*
4304. Hitonari Tsuji   *L'arbre du voyageur.*
4305. George Eliot   *Middlemarch.*
4306. Jeanne Benameur   *Les mains libres.*
4307. Henri Bosco   *Le sanglier.*
4308. Françoise Chandernagor   *Couleur du temps.*
4309. Colette   *Lettres à sa fille.*
4310. Nicolas Fargues   *Rade Terminus*
4311. Christian Garcin   *L'embarquement.*
4312. Iegor Gran   *Ipso facto.*
4313. Alain Jaubert   *Val Paradis.*
4314. Patrick Mcgrath   *Port Mungo.*
4315. Marie Nimier   *La Reine du silence.*
4316. Alexandre Dumas   *La femme au collier de velours.*
4317. Anonyme   *Conte de Ma'rûf le savetier.*
4318. René Depestre   *L'œillet ensorcelé.*
4319. Henry James   *Le menteur.*
4320. Jack London   *La piste des soleils.*
4321. Jean-Bernard Pouy   *La mauvaise graine.*
4322. Saint Augustin   *La Création du monde et le Temps.*
4323. Bruno Schulz   *Le printemps.*
4324. Qian Zhongshu   *Pensée fidèle.*
4325. Marcel Proust   *L'affaire Lemoine.*
4327. Bernard du Boucheron   *Court Serpent.*
4328. Gil Courtemanche   *Un dimanche à la piscine à Kigali.*
4329. Didier Daeninckx   *Le retour d'Ataï.*
4330. Régis Debray   *Ce que nous voile le voile.*
4331. Chahdortt Djavann   *Que pense Allah de l'Europe?*
4332. Chahdortt Djavann   *Bas les voiles!*
4333. Éric Fottorino   *Korsakov.*
4334. Charles Juliet   *L'année de l'éveil.*
4335. Bernard Lecomte   *Jean-Paul II.*
4336. Philip Roth   *La bête qui meurt.*
4337. Madeleine de Scudéry   *Clélie.*
4338. Nathacha Appanah   *Les rochers de Poudre d'Or.*
4339. Élisabeth Barillé   *Singes.*
4340. Jerome Charyn   *La Lanterne verte.*
4341. Driss Chraïbi   *L'homme qui venait du passé.*

4342. Raphaël Confiant   *Le cahier de romances.*
4343. Franz-Olivier Giesbert   *L'Américain.*
4344. Jean-Marie Laclavetine   *Matins bleus.*
4345. Pierre Michon   *La Grande Beune.*
4346. Irène Némirovsky   *Suite française.*
4347. Audrey Pulvar   *L'enfant-bois.*
4348. Ludovic Roubaudi   *Le 18.*
4349. Jakob Wassermann   *L'Affaire Maurizius.*
4350. J. G. Ballard   *Millenium People.*
4351. Jerome Charyn   *Ping-pong.*
4352. Boccace   *Le Décameron.*
4353. Pierre Assouline   *Gaston Gallimard.*
4354. Sophie Chauveau   *La passion Lippi.*
4355. Tracy Chevalier   *La Vierge en bleu.*
4356. Philippe Claudel   *Meuse l'oubli.*
4357. Philippe Claudel   *Quelques-uns des cent regrets.*
4358. Collectif   *Il était une fois... Le Petit Prince.*
4359. Jean Daniel   *Cet étranger qui me ressemble.*
4360. Simone de Beauvoir   *Anne, ou quand prime le spirituel.*
4361. Philippe Forest   *Sarinagara.*
4362. Anna Moï   *Riz noir.*
4363. Daniel Pennac   *Merci.*
4364. Jorge Semprún   *Vingt ans et un jour.*
4365. Elizabeth Spencer   *La petite fille brune.*
4366. Michel tournier   *Le bonheur en Allemagne?*
4367. Stephen Vizinczey   *Éloge des femmes mûres.*
4368. Byron   *Dom Juan.*
4369. J.-B. Pontalis   *Le Dormeur éveillé.*
4370. Erri De Luca   *Noyau d'olive.*
4371. Jérôme Garcin   *Bartabas, roman.*
4372. Linda Hogan   *Le sang noir de la terre.*
4373. LeAnne Howe   *Équinoxes rouges.*
4374. Régis Jauffret   *Autobiographie.*
4375. Kate Jennings   *Un silence brûlant.*
4376. Camille Laurens   *Cet absent-là.*
4377. Patrick Modiano   *Un pedigree.*
4378. Cees Nooteboom   *Le jour des Morts.*
4379. Jean-Chistophe Rufin   *La Salamandre.*
4380. W. G. Sebald   *Austerlitz.*

Photocomposition CMB Graphic
44800 Saint-Herblain
Impression Novoprint
a Barcelone, le 7 août 2006
Dépôt légal : août 2006
1er dépôt légal dans la collection : mars 2003

ISBN 2-07-042578-9./Imprimé en Espagne.